QING PING GUO CONG SHU

青苹果丛书

故事阅读

GUSHI YUEDU

顾萍 主编

企业管理出版社

图书在版编目（CIP）数据

故事阅读/顾萍主编 . —北京：企业管理出版社，2013.8
（青苹果丛书）
ISBN 978 - 7 - 5164 - 0445 - 4

Ⅰ. ①故… Ⅱ. ①顾… Ⅲ. ①故事 - 作品集 - 世界 Ⅳ. ①I14

中国版本图书馆 CIP 数据核字（2013）第 179213 号

书　　名：	青苹果丛书——故事阅读
作　　者：	顾　萍　主编
责任编辑：	钱　丽　徐新欣
丛书策划：	闫书会
书　　号：	ISBN 978 - 7 - 5164 - 0445 - 4
出版发行：	企业管理出版社
地　　址：	北京市海淀区紫竹院南路 17 号　邮编：100048
网　　址：	http://www.emph.cn
电　　话：	总编室（010）67801719　发行部（010）68414644
	编辑部（010）68416775
电子信箱：	80147@sina.com　zbs@emph.cn
印　　刷：	北京昌平新兴胶印厂
经　　销：	新华书店
规　　格：	787×1092 毫米　　1/16
印　　张：	12
字　　数：	160 千字
版　　次：	2013 年 8 月第 1 版　2013 年 8 月第 1 次印刷
定　　价：	25.00 元

版权所有　翻印必究·印装有误　负责调换

前　言

苏联著名教育家苏霍姆林斯曾说过："让学生变聪明的办法，不是补课，不是增加作业量，而是阅读、阅读、再阅读。"面对浩瀚知识海洋，我们撷取最基础知识，呈现给广大青少年朋友，尤其是农村少年儿童。"青苹果丛书"是专门为农村少年儿童选编的一套系统的知识性读物。

随着我国城镇化进程的加速，农村传统的二元社会结构正在解体。我国农村大批劳动力外出务工，在广大农村随之产生了一个特殊的未成年人群体——留守儿童。据中央电视台2013年特别报道，我国农村留守儿童超6000万，每5名儿童就有一名留守儿童。同时，在城市中也有一大批农民工子弟，因来自农村，很难得到与城里孩子同样的义务教育，他们的学习教育同样令人堪忧。这类的家庭教育主要表现为：单亲式、隔代式、委托式及兄长式四种方式，留守儿童基本缺失父母亲对其在衣、食、住、行、安全等方面的能力调教，也缺少爱好、审美、人格、品格及情感等方面的亲情教育，特别是缺失了对父母的心理归属和依恋。

从学校教育分析，由于缺乏正常的家庭基本教育、心理素质教育、道德品质教育和身体发育教育，留守儿童的学习成绩都不理想，大多数留守儿童的成绩都处于中等偏下。也许是缺失和不足，相对于有父母亲在家的儿童而言，留守儿童更加渴望知识、渴望阅读、渴望外边的世界。令人遗憾的是，由于种种原因，他们对外界的了解更多的是看电视、玩电子游戏。

为了弥补农村少年儿童特别是"留守儿童"在家庭教育上的缺

憾，我们精选中外经典阅读篇目，编辑出版了"青苹果丛书"。其目的一是让那些远离父母的孩子通过阅读了解历史，感受文化，增加积淀，陶冶情操；二是开拓视野，通过这些短小精致的篇章，丰富课外生活，提高思维能力，在阅读中登上知识的殿堂，博览古今，感受中外文化经典的奇光异彩。

从编辑内容来看，它们分别为历史、文化、科技、艺术、天文地理、气候环境、工农业生产等多个学科。按照学科的安排，初步分为《古典文学阅读》、《趣味阅读》、《故事阅读》、《科技阅读》、《百科阅读》、《乡村阅读》等二十多个分册，针对适龄儿童阅读的特点，在阅读篇幅的编辑上我们力求短小精悍、通俗易懂。与孩子们在课堂上阅读的教科书相比，本套丛书还是一套相当出色的课外辅导读物，每一个分册都生动、形象、有趣、绚丽。力求融入了新的阅读模式，书中知识点简明易懂、自成体系，更容易被农村的孩子们接受。

崇尚经典，注重传统，寓教于乐真正贯穿其中是丛书的一个亮点。少年儿童求知欲强，通过阅读让他们知晓更多的社会发展和科技进步方面的知识，这有助于开拓创新思维，培养创新意识，提高农村少年儿童的科学文化素质；全套丛书叙述生动，文字简洁，以知识性为切入点。考虑农村社会转型时期的环境条件，重视知识的准确和生动，引导农村少年儿童在平时的阅读中了解更多的科学文化和历史知识，也有助于提升他们的读写能力。

美国教育家海伦·凯勒说："一本书像一艘船，带领我们从狭隘的地方驶向无限广阔的海洋。"愿这套丛书能给农村少年儿童带来亲情和快乐，青苹果，青涩而有味道，让他们在品读中体会其中的甜美，伴随他们成长。

编　者

2013 年 6 月 1 日

目 录

第一章 童话故事篇

丑小鸭 …………………………………………… 002
皇帝的新装 ……………………………………… 006
灰姑娘 …………………………………………… 009
坚定的锡兵 ……………………………………… 015
卖火柴的小女孩 ………………………………… 018
拇指姑娘 ………………………………………… 021
三只小猪 ………………………………………… 036
睡美人 …………………………………………… 039
小红帽 …………………………………………… 044

第二章 民间传说篇

巾帼英雄梁红玉 ………………………………… 048
李广射虎 ………………………………………… 050
孟姜女哭长城 …………………………………… 052

苏小妹三难秦观 ……………………………………… 054
湘妃竹的传说 …………………………………………… 056
一品老百姓 ……………………………………………… 058
郑板桥审石头 …………………………………………… 061
诸葛亮招亲 ……………………………………………… 062
粽子和龙船 ……………………………………………… 065

第三章　神话故事篇

八仙过海 ………………………………………………… 068
白蛇传 …………………………………………………… 071
嫦娥奔月 ………………………………………………… 080
大禹治水 ………………………………………………… 082
董永与七仙女 …………………………………………… 084
夸父逐日 ………………………………………………… 090
梁祝化蝶 ………………………………………………… 092
洛阳牡丹 ………………………………………………… 095
牛郎织女 ………………………………………………… 097
女娲补天 ………………………………………………… 100
神荼郁垒 ………………………………………………… 102
天神与地神 ……………………………………………… 104
相思树 …………………………………………………… 108
夜游神 …………………………………………………… 110
英雄刑天 ………………………………………………… 113
钟馗捉鬼 ………………………………………………… 116

第四章　智慧故事篇

曹冲智救人 ……………………………………………… 124

假戏真做 …………………………………………… 126
蛮横财主遭戏弄 ………………………………… 128
毛遂自荐 …………………………………………… 129
"书童"画竹 ……………………………………… 131
田文谏父 …………………………………………… 133
西施巧计送地图 ………………………………… 135
小区寄智勇斗歹徒 ……………………………… 137
小县令智断奇案 ………………………………… 139

第五章 友爱故事篇

顾炎武与庄归 …………………………………… 142
黄仲则与洪亮吉 ………………………………… 147
寇准与王旦 ……………………………………… 152
廉颇与蔺相如 …………………………………… 157
王鼎与林则徐 …………………………………… 161
谢翱与文天祥 …………………………………… 165
荀巨伯与病友 …………………………………… 169
严光与刘秀 ……………………………………… 171
俞伯牙与钟子期 ………………………………… 175
左宗棠与曾国藩 ………………………………… 179

第一章

童话故事篇

  童话故事是儿童文学的一种,其通过丰富的想象、幻想和夸张来塑造形象、反映生活,对儿童进行思想教育。它的故事情节神奇曲折,生动浅显,对自然物往往作拟人化的描写,符合儿童的阅读心理。

  童话故事的主旨是教人勇敢、热情、善良、乐观和慈爱,反对卑鄙、怯懦、邪恶和虚伪。

童话故事篇

丑 小 鸭

在一个美丽的夏天，绿色的牧场上有一群鸭子摆开可爱的鸭脚在散步。这会儿，有一只鸭妈妈正坐在它的窝里，耐心地等待着它的小鸭子们跳出鸭蛋壳。

这时，那小鸭子好像明白了妈妈的心思，开始一个接一个"劈啪！劈啪！"地从鸭蛋壳里钻出来。鸭妈妈就高兴地"嘎、嘎、嘎"喊起来。

鸭妈妈拍拍翅膀，站起来，数一数小鸭子。哎，还有一个没有生出来呢。这是一个最大的蛋。鸭妈妈只好重新卧下来。它想这只蛋比其他的蛋要大一些，可能晚几天才出来吧。

老母鸭看了看说："嗨！这是一只火鸡蛋，它可麻烦了。别理它，让它躺着去吧。"

鸭妈妈说："我再坐一会儿吧，多坐一会儿没关系。小家伙出不来也挺着急的。"

最后，这只大蛋终于"劈啪"裂开了。从蛋壳中钻出的小家伙又大又丑，鸭妈妈把它瞧了又瞧，说："它长得和别的小家伙不一样。我现在就让它和其他的小鸭子下水游泳，看看它到底是不是一只小火鸡。"

鸭妈妈先跳进水里，小鸭子们也一个跟着一个跳进水里。那只怪东西也跳进水里了，两只小腿挺灵活地摆来摆去，它们是天生的游泳行家。

鸭妈妈说："唔，看来它不是一只小火鸡，它是我亲生的孩子！仔细看一看，它长得还算漂亮呢。"

但是别的小鸭子却不高兴。它们总是嘲笑它，啄打它。丑小鸭处处小心，时时留意，总是谦让着那些不喜欢它的兄妹们。

到后来，它的兄妹们更加厉害了啦。一些小鸡也来嘲笑它，耍威风。就连喂小鸡的那个歪嘴女人也用脚踢它。鸭妈妈也没法子，说："唉，我看你还是走远一点吧！"

于是，丑小鸭飞过墙角，急匆匆地逃走了。它心想，这都是因为我太丑啦，我要一直跑到没有人看见我的地方去。

第二天，当它睁开眼睛的时候，发现一群野鸭围在它身旁。野鸭警告它说："你太丑了，希望你不要再到这里来。"

丑小鸭正准备离开这儿，忽然一条大猎狗扑到它身边。大猎狗吐着长长的红舌头，真吓人啊。丑小鸭心想，这下完了，要让这条大猎狗吃了。不料，大猎狗只是用它的粗鼻子"哼哼"了两声，就转身跑开了。

丑小鸭叹口气说："唉，我真的太丑了，丑得连大猎狗也不想咬我了！"

天黑的时候，丑小鸭慌慌张张从一个农家小屋的门缝里钻进去。这家主人已经上床睡觉了。丑小鸭放心地闭上眼睛，美美地睡起觉来，它实在太累了。

第二天一早，小猫就发现了丑小鸭，接着母鸡也看见了它。小猫发出奇怪的"喵喵"叫声，母鸡也跟着"咯咯咯"地喊，好像现在发生了什么重大的事情。老太婆揉揉老花眼睛，它看清楚了一只丑小鸭来到她家里。

老太婆决定把丑小鸭留下来，以便观察它究竟能不能生蛋。

小猫认为自己是这家的宝贝，因为它可以坐在老太婆的怀里去。所以小猫就拱起背来，对小鸭说："喂，你能拱起脊背吗？"，

小鸭说："我不会。"

母鸡听了小鸭子的话，于是它问小鸭说："你会生蛋吗？"

小鸭说："我不会。"

母鸡得意了，接着说："你不会拱脊背，又不会生蛋，那么你什

么用处也没有，以后你再别说话了，你没有资格说话！"

丑小鸭听了母鸡的话很难过。

丑小鸭说："我想，我还是到外面的世界去看看。"

母鸡说："天呐！那太好了，你走吧！"

于是，丑小鸭就离开了这里，向更远的地方走去。

秋天来了。一天，一群美丽的大鸟排成队从丑小鸭待的湖面上空飞过，准备飞到温暖的地方去。

丑小鸭从来都没见过这么美丽的大鸟，它们的脖颈又长又软，全身雪一样白亮，发出一种奇怪的响亮的声音。丑小鸭太高兴了，它拍打着自己的翅膀，模仿那些天鹅的声音，发出奇怪的鸣叫，连它自己也感到害怕。于是它赶紧把头钻进水里。当它浮上水面时，那些美丽的天鹅已经看不见了。

冬天，丑小鸭的日子就更难过了。最后丑小鸭再也游不动了，它和冰块紧紧连在一起，它冻得昏了过去。

有一个农民路过这里，发现了丑小鸭，把它抱回家里。丑小鸭在这家人的草窝里，不久，它就苏醒了。这时，几个小孩发现了它，想跟它玩。丑小鸭吓坏了，惊慌地跳起来，一下跳到了这家人的饭盆里。女主人拿起了一把火钳赶来打它，它急忙从开着的大门里逃了出去。这样，它又掉进外面新下的厚厚的雪堆里，冻得它差一点又要昏过去。

春天来了，丑小鸭拍拍翅膀，它忽然觉得自己的翅膀比以前更有力量。于是它很轻松地飞向蓝天，向远处飞去。

丑小鸭飞到一座很大的花园里，这里有一条弯弯曲曲的小河。三只美丽的天鹅正从树荫下向它游来。它认出了天鹅，心里又激动又难过。丑小鸭在心里一直说："没有关系，我就是让这些美丽高贵的鸟儿杀死，也比受过的那些苦要好受得多了！"

于是，丑小鸭向这些美丽的天鹅飞去。它落在水面上说："请你们杀死我吧！"它低下头等死。但它从清澈的河水中看见了自己的倒影，发现自己是一只真正的天鹅！

这时，丑小鸭周围游来许多天鹅，它们用嘴亲它，好像在对它说："你终究会成为一只美丽的天鹅！"不过，丑小鸭在心里说："当我还是一只丑小鸭的时候，我做梦也没有想过，我会有这么多的欢乐和幸福。"

皇帝的新装

有一个皇帝,他非常非常爱漂亮。他把所有的钱都花在了买新衣服上,他的衣服多得数也数不清,平均每个小时他就要换一套衣服。

所以,人们提到他时总是说:"哦,皇上在更衣室里。"至于国家呀、军队呀、人民呀,他才懒得管哩,他甚至连看戏、逛公园这类事情也不感兴趣,买新衣服、穿新衣服,便是他唯一的嗜好。

这一天,两个外国骗子来到了皇帝居住的城市。他们到处吹嘘能织出天底下最美丽的布匹来,这种布匹不光有绚丽的色彩和图案,而且用它做成衣服穿在身上,只有称职的人或者聪明的人才能看得见。

"哦,这正合我的心意!"皇帝高兴地想,"假如我穿上了这样的衣服,不是轻而易举地就能辨认出在我的王国里,谁是不称职的,谁是愚蠢的了吗?"于是,他召来两个骗子,给了他们好多钱,命令他们马上开始工作。

两个骗子真的在房间里架起了两部织机,只是那织机上什么东西也没有。他们手忙脚乱地做着织布的动作,装出十分卖力的样子,一直干到深夜。

皇帝很想知道布织得怎么样了,他相信自己是能看见那布的。但最后他还是觉得先派一个人代他去更好,因此他就选中了他心目中最称职最聪明的老臣。

老臣来到织布房里,看见两个骗子正在空空的织机上忙碌着,眼睛顿时瞪得有碗口大。"这是怎么回事？我什么东西也没看见呀！"他心里感到很奇怪，但是却不敢说出来。"难道我是一个又不称职又愚蠢的人？"老臣很不情愿承认这一点。于是，当两个骗子装模作样地问他布织得漂亮不漂亮时，他连连称赞道："啊，真是漂亮极了！我马上就去禀报皇上。"他真的就这样做了，两个骗子也因此理由十足地要了更多的丝线和钱。

过了几天，皇帝又派了另一位忠诚的臣子去查看。这位臣子当然也同那位老臣一样什么也没看见。不过，他照样将那匹根本不存在的布好好夸耀了一番，然后回去对皇上说："啊，那布真是太美了！"

皇帝再也忍不住了，他决定亲自去看一看。他的随从人员全是他认为能干、称职的人，那两位大臣当然也在其中。

当这一行人到达织布房时，两个骗子正忙得不亦乐乎。

皇帝盯着织机看了又看，却没有发现任何东西，心里不禁慌乱起来："这是怎么了？难道我是一个愚蠢的人？难道我不配做皇帝？这真是太可怕啦！"但是，他决不能在众人面前失掉面子，于是他做出十分欣赏的样子，说："好，好，我非常非常满意！"

随从们见皇上夸奖他们根本看不见的东西，也随声附和："真精致！真好看！真鲜艳！"他们还建议皇帝用这种新奇的布料做成新衣，穿着它去参加即将举行的游行大典。

于是，两个骗子又连夜赶制新衣。他们点起十六根蜡烛，用剪刀、尺子和针在空中乱舞一通，最后得意扬扬地捧着那看不见的新衣说："看啊！皇帝的新装多么华贵！"

皇帝按骗子的吩咐，脱光了身上原来的衣服，换上了新装。他在一面大镜子跟前扭动着腰肢，显得比任何时候都兴高采烈。然后，他在随从们的簇拥下，走出了王宫，走上了大街。

大街上早已挤满了看热闹的人，他们叽叽喳喳地评论着皇帝的新衣如何美丽、如何得体，因为谁都不愿意暴露出自己的不称职或愚蠢来。

"可是他什么也没有穿呀!"一个天真的孩子终于叫出了声。立刻,这诚实的童语就在人群中传播开来。

尽管皇帝也感到这话好像是对的,但他仍然挺着光身子,神气十足地在老百姓面前走过。

童话故事篇

灰 姑 娘

　　从前有一个有钱人，他的妻子病了，她知道自己的病很重，活不了多久了，于是就把自己的独生女儿叫到床前来，说："我快要死了，好孩子，你记住吧！对人处世都要虔诚、善良，上帝会保佑你的！"说完，她就闭上了眼睛，死去了。女孩每天到她母亲的坟上去哭。冬天来了，雪像一块白毯子盖在坟上；当春天的太阳把白毯子扯下来的时候，这个有钱人就娶了另外一个女人做他的妻子。

　　那女人带了自己的两个女儿一同到这有钱人的家里来。那两个女孩虽然漂亮，但是心肠很坏。从此，失去母亲的女孩就受苦了。后母带来的两个孩子对女孩的父亲说："难道这蠢丫头可以跟我们一起坐在客厅里吗？她要吃饭，必须自己去用劳动赚来。叫她这个厨房里的小丫头，走出去吧！"

　　于是，两姐妹夺去了女孩的漂亮衣服，给她穿了一件灰色的旧褂子和一双木屐。她们嘲笑她说："你们看，这个骄傲的公主打扮得这样漂亮！"她们笑着带她到厨房里去。女孩在那里从早到晚做着苦工，天还没有亮就起来挑水、生火、煮饭、洗衣服。除此以外，两姐妹还想出种种方法来捉弄女孩。她们跟她开玩笑，把豌豆和扁豆倒在灰里，使她不得不坐在灰里拣出来。晚上，女孩做得很疲倦的时候，没有床可以睡，只得躺在灶旁的灰里。因此，她总是满身灰尘，很脏，她们就叫她灰姑娘。

　　有一次，父亲要到市场上去。他问两个继女要带些什么东西回来。一个说："我要漂亮的衣服。"另一个说："我要珍珠和宝石。"父亲又问："灰姑娘，你要什么呢？"

"爸爸，你回家的时候，请你把碰着你帽子的第一根树枝折下来带给我。"

父亲给两个继女买了漂亮的衣服、珍珠和宝石。在回来和路上，他骑马穿过一座绿色的丛林。一根榛树的丫枝挨着他，把他的帽子碰掉了。他就把这根丫枝折下来带回来。到了家里，父亲把两个继女希望得到的东西给了她们，把榛树枝给了灰姑娘。灰姑娘谢了父亲，然后把树枝种在母亲坟上，哭得很惨，眼泪不断地落下来，把树枝都浸湿了。于是，树枝长大起来，变成一棵美丽的树。灰姑娘每天到树下去三次，每次都有一只白鸟飞到树上来。如果她说出一个愿望，小鸟就把她希望的东西丢给她。

有一次，国王举行一个三天的大宴会，邀请国内所有漂亮的年轻姑娘来参加，为了给他的儿子选一个未婚妻。后母带来的姐妹俩听到她们也被邀请，很是高兴，就对灰姑娘说："给我们梳梳头发，擦擦鞋子，再把皮带上的扣子缝缝好，我们要到王宫里去参加宴会呢。"灰姑娘照着她们的话做了，但是她哭起来，因为她也想一起去跳舞，就请求继母准许她参加。继母说："灰姑娘，你满身都是灰尘，脏得很，你要去参加宴会吗？你没有衣服和鞋子，也要去跳舞吗？"但灰姑娘还是不断地请求，继母终于说："我倒一碗扁豆在这里，如果你在两个小时内能把它们拣出来，就让你一起去。"

灰姑娘答应了继母，然后她就从后门走到花园里，叫道："乖乖的鸽子们、斑鸠们，天空里所有的鸟儿们，请你们都来帮助我把扁豆拣出来。好的拣在盆子里，坏的吞到肚子里。"

于是两只白鸽从厨房的窗子里飞了进来，后面跟着斑鸠，最后天空里所有的小鸟都唧唧喳喳，成群结队地飞了进来，落到灰姑娘的四周。鸽子低下头去"匹克匹克"地啄着，其余的小鸟也"匹克匹克"地啄着，把所有好的扁豆都拣在盆子里。一小时刚刚过去，它们已经拣完所有的豆子飞出去了。

于是，女孩拿着盆子去找继母，心里很高兴，以为她可以一起去参加舞会了。但是继母说："不行，灰姑娘，你没有衣服，不能跳舞：你要被人家嘲笑的。"

女孩又哭，继母说："如果你在一小时内，把两碗扁豆从灰里干干净净地拣出来，就让你一同去。"灰姑娘答应了。继母心里想："这一回她绝对办不到了。"她把两碗扁豆倒到灰里。

灰姑娘从后门到花园里去，叫道："乖乖的鸽子们、斑鸠们，天空里所有的鸟儿们，都来帮助我吧，把扁豆拣出来，好的拣在盆子里，坏的吞到肚子里。"

于是，两只鸽子从厨房的窗子里飞了进来，后面跟着斑鸠。最后，天空里所有的小鸟都唧唧喳喳成群结队地飞了进来，落到灰姑娘的四周。鸟儿们低下头去开始"匹克匹克"地啄着，把所有好的扁豆都拣在盆子里。不到半小时，它们已经拣好了，飞了出去。

女孩把盆子拿到继母那里，心里很高兴，以为她可以一起去参加舞会了。但是继母说："一切都没有用，不准你同我们一起去，因为你没有衣服，不能跳舞；如果你去了，我们就很难为情。"说罢，她回转身去不理她，带着两个女儿急急忙忙地走了。

继母带着她的两个女儿跳舞去了，父亲也去了。现在家里没有别人了，灰姑娘就到榛树底下母亲的坟前叫道："小榛树，请你动一动，请你摇一摇，把金银制成的衣服给我朝下抛。"

鸟儿把一件金银制成的衣服和一双用丝线和银线织成的舞鞋丢下来给她。她急忙穿着参加舞会去了。她的继母和姐妹们都认不出她，以为她是一个外国的公主，因为她穿着金衣服，非常美丽。她们根本没有想到这是灰姑娘，还以为她正坐在家里的垃圾堆旁，从灰里拣着扁豆呢。

王子向灰姑娘走过来，和她握手，和她跳舞。他不愿意再和别的姑娘跳舞了。王子紧紧握住她的手不放。如果有别人来邀请她跳舞，他就说："这是我的舞伴。"

灰姑娘一直跳到晚上。要回家了，王子说："我陪你一起去吧。"他要看看这位美丽的姑娘是哪一家的。但是灰姑娘从他那里逃脱了，跑到她家后面的鸽房里去。于是，王子站在原地等候，等到她的父亲回来。王子告诉他有一位不知名的姑娘跑到鸽房里去了。父亲想："难道是灰姑娘吗？"他把鸽房打开，里面没有人。当继母、姐妹都回到家里的时候，灰姑娘穿着脏衣服，躺在灰里，在墙洞里点着一盏淡弱的油灯。原来，灰姑娘从鸽房后面很快地跑出去，跑到榛树跟前。她在那里脱下了美丽的衣服，放在坟上，鸟就飞来把它拿回去了。她把灰色的旧褂子又穿了起来，回到厨房里去，坐在灰里面。

第二天，宴会又开始了。父母和姐妹走后，灰姑娘走到榛树跟前，说："小榛树，请你动一动，请你摇一摇，把金银制成的衣服给我朝下抛。"

鸟儿又丢下来一件比昨天还要美丽得多的衣服。灰姑娘穿着这件衣服参加舞会，每个人看见她这样漂亮都很惊奇。王子一看见她来到，马上握住她的手，和她跳舞，不再和别的姑娘跳了。如果别的人来邀请她跳舞，他就说："这是我的舞伴。"

晚上灰姑娘要走的时候，王子跟着她，要看看她走到哪幢房子里去。但是她又从他那里逃脱了。逃到屋后的花园里去。园里长着一棵美丽的大树，结着非常好的梨子。她像松鼠一样敏捷地爬到树枝当中，王子不知道她到哪里去了。等到她父亲回来，王子说："那位不知姓名的姑娘又逃走了，我相信她逃到梨树上去了。"父亲想："难道是灰姑娘吗？"他去拿了梯子，爬上树，但是树上没有人。原来，灰姑娘从树的另一边跳下来，把漂亮的衣服又交给了榛树上的鸟儿，穿上她的褂子走了。

第三天，父母、姐妹都出门了，灰姑娘又到她母亲的坟前，向小榛树说："小榛树，请你动一动，请你摇一摇，把金银制成的衣服给我朝下抛。"

于是，鸟儿丢下一件衣服和一双舞鞋给她。那件衣服比上两件更加美丽、更加灿烂；那双舞鞋是纯金的。她穿了这件衣服去参加舞会，人们都很惊奇，不知道说什么话才好。王子只和她跳舞。到了晚上，灰姑娘要回家，王子要陪着她一起走，她很快就又从他那里逃脱了。但是这一次王子用了一个计策，预先叫人把整个楼梯涂上了柏油,因此灰姑娘逃下楼去的时候,左脚的舞鞋被柏油黏住了,留在那里。王子把它拾了起来,看见它小巧、精美,完全是金的。第二天早晨,他带着它到灰姑娘的父亲那里,向他说:"哪一位姑娘穿得上这只鞋子,就可以做我的妻子。"继母的两个女儿听了这话,都很欢喜,因为她们的脚长得很好看。

大姐姐拿着鞋子到房间里去试穿,母亲站在旁边看着她。但是她的脚大,鞋子太小,穿不进去。

于是母亲给她一把刀子,说:"把脚趾头削下来吧,你做了王后就用不着步行了。"女孩削下脚趾后,勉强把脚穿到鞋子里,忍着痛走出来见王子。王子就把她当做自己的未婚妻,扶她上马,带了她骑着马走了。但是他们必须经过灰姑娘母亲的坟前,两只鸽子蹲在榛树上叫道:"卢刻提古克,卢刻提古克,这鞋子给她穿太小了,真新娘还坐在家里呢。"

王子看看她的脚,看见血正在流出来,他拨转马头,把假新娘送回家,说这个不是真新娘,叫她妹妹穿那只鞋子。妹妹到房间里去,运气很好,脚趾头穿到鞋里去了,但是脚后跟太大了,穿不进去。母亲给她一把刀子,说:"把脚后跟削去一点儿,如果你做了王后,就不用步行了。"

妹妹把脚后跟削去了一块,勉强把脚放进鞋子里,忍着痛走出去见王子。

王子把她当做他的新娘,扶她上马,带了她骑着马走了。

他们走过榛树前面的时候,两只鸽子坐在上面叫道:"卢刻提古克,卢刻提古克,金鞋子里有血,这鞋子给她穿太小了,真新娘还坐在家里呢。"

王子朝下看看她的脚,看见血从鞋子里流出来,白袜子从下到上都染红了。他拨转马头,把假新娘送回家去。他说:"这个也不是真新娘,你们没有别的女儿吗?"

"有。"灰姑娘的父亲说,"我前妻生的一个小得可怜的灰姑娘。她是不可能做新娘的。"

王子叫他把灰姑娘喊到面前来，继母回答说："啊，不行，她太脏了，不能见人。"但是王子坚决要见她。她只好喊灰姑娘出来。灰姑娘洗干净了手和脸去见王子，向他鞠躬，王子把金鞋子递给她。她坐到一张凳子上，脱下笨重的木屐，穿上金鞋子，非常合适。她站起来的时候，王子看见了她的面貌，认得她就是和他跳过舞的那个美丽的姑娘，于是叫道："这是真新娘！"继母和两个妹妹大吃一惊，脸都气白了。王子把灰姑娘扶上马，带了她骑马走了。他们从榛树前面走过的时候，两只白鸽叫道："卢刻提古克，户刻提古克，金鞋子里面没有血，这鞋子不大不小，是真新娘穿着了。"于是，王子带了真的新娘回家去了。

　　白鸽叫罢，飞下来，蹲到灰姑娘的肩膀上，一只在右边，一只在左边，在灰姑娘结婚的时候还是这样。

童话故事篇

坚定的锡兵

从前有25个锡做的兵士。他们都是兄弟，因为都是从一根旧的锡汤匙铸出来的。他们肩上扛着毛瑟枪，眼睛直直地向前看着。他们的制服一半是红的，一半是蓝的，但是非常美丽。他们待在一个匣子里。匣子盖一揭开，他们在这世界上所听到的第一句话是："锡兵！"这句话是一个小孩子喊出来的，他拍着双手。今天是他的生日，这些锡兵就是他得到的一件礼物。他现在把这些锡兵摆在桌子上。

所有的兵都是一模一样的，只有一个稍微有点不同：他只有一条腿，因为他是最后被铸出来的，锡不够用！但是他仍然能够用一条腿坚定地站着，跟别人用两条腿站着没有两样，而且后来最引人注意的也就是他。

他们立着的那张桌子上还摆着许多其他的玩具，不过最美丽的要算一位小姐：她站在敞开的宫殿门口。她是用纸剪出来的。不过她穿着一件漂亮的布裙子。她肩上飘着一条小小的蓝色缎带，看起来仿佛像一幅头巾。缎带的中央插着一件亮晶晶的装饰品——简直有她整个的脸庞那么大。这位小姐伸着双手——因为她是一个舞蹈艺术家。她有一条腿举得非常高，弄得那个锡兵简直望不见它。因此他就以为她也像自己一样，只有一条腿。

"她倒可以做我的妻子呢！"他心里想，"不过她的架子太大了。她住在一个宫殿里，而我却只有一个匣子，而且我们还是25个人挤在一起。这恐怕她住不惯。不过我倒不妨跟她认识认识。"

于是，他就在桌子的一个鼻烟壶后面直直地躺下来。他从这个

角度可以完全看到这位漂亮的小姐——她一直是用一条腿立着的，丝毫没有失去平衡。

当黑夜到来的时候，其余的锡兵都走进匣子里去了。家里的人也都上床去睡了，玩偶们这时活动起来：它们互相"访问"，闹起"战争"来，或是开起"舞会"来。锡兵们也在他们的匣子里面吵起来，因为他们也想出来参加，可是揭不开盖子。这时只有两个人没有离开原位：一个是锡兵，一个是那位小小的舞蹈家。她直直地用她的脚尖立着，双臂外伸。他也是稳定地用一条腿站着的，他的眼睛一会儿也没有离开她。

忽然钟敲了12下，于是"砰"！那个鼻烟壶的盖子掀开了。可是那里面并没有鼻烟，却有一个小小的黑妖精——这鼻烟壶原来是一个伪装。

"锡兵，"妖精说，"请你把你的眼睛放老实一点！"

可是锡兵装作没有听见。

"好吧，明天你瞧吧！"妖精说。

第二天早晨，小孩子都起来了。他们把锡兵移到窗台上去。不知是那妖精在搞鬼呢，还是一阵阴风在作怪，窗子忽然开了。锡兵从三楼倒栽葱地跌到地上来。这一跤真是可怕到万分！他的腿直竖起来，他倒立在他的钢盔中。他的刺刀插在街上的铺石缝里。

保姆和那个小孩立刻走下楼来寻找他。虽然他们几乎踩着了他的身体，可还是没有发现他。假如锡兵喊一声"我在这儿！"的话，他们就看得见他了。不过他觉得自己既然穿着军服，高声大叫，是不合礼节的。

现在天空开始下雨了。雨点越下越密，最后简直是大雨倾盆了。雨停了以后，有两个野孩子在这儿走过。

"你瞧！"有一个孩子讲，"这儿躺着一个锡兵。咱们让他去航行一番吧！"

他们用一张报纸折了一条船，把锡兵放在里面。锡兵就这么沿着水沟顺流而下。这两个孩子在岸上跟着他跑，拍着手。

忽然，这船流进一条很长很宽的下水道里去了。四周是一片漆黑，正好像他又回到他的匣子里去了似的。

"我倒要看看，我究竟会流到一个什么地方去！"他想，"对了，对了，这是那个妖精搞的鬼。啊！假如那位小姐坐在这船里，就是再加倍的黑暗我也不在乎。"

这时，一只住在下水道里的大耗子来了。"你有通行证吗？"耗子问，"把你的通行证拿出来！"

可是锡兵一句话也不回答，只是把自己手里的毛瑟枪握得更紧。

船继续往前急驶，耗子在后面跟着。乖乖！请看它那副张牙舞爪的样子，它对干草和木头碎片喊着：

"抓住他！抓住他！他没有留下过路钱！他没有交出通行证看！"

可是激流越翻越大。在下水道尽头的地方，锡兵已经可以看到前面的阳光了。

现在他已流进了运河，没有办法止住了。船一直冲到外面去。可怜的锡兵只有尽可能地把他的身体直直地挺起来。直立着的锡兵全身浸在水里，只有头伸出水面。船在深深地下沉，纸也慢慢地松开了，水现在已经淹到兵士的头上了……他不禁想起了那个美丽的、娇小的舞蹈家，他永远也不会再见到她了。这时他耳朵里响起了这样的话：

冲啊，冲啊，你这战士，
你的出路只有一死！

童话故事篇

卖火柴的小女孩

夜色降临了，这是圣诞节前夕的一个夜晚。天很黑，下着雪，刺骨的寒风笼罩着一切。

在这样一个黑夜里，一个可怜的光着脚丫的女孩正在街上走着。她原来曾穿着一双破旧的大拖鞋，不管怎样，总比光脚板踏在冰冷的路面要好得多；而且，那样一双拖鞋还不是她自己的，是她妈妈穿的。这双拖鞋因为太大，过马路的时候，为了躲避飞驰的马车，拖鞋跑掉了。等她再去找时，拖鞋早被一个男孩捡去拿跑了。女孩光着脚，使劲地追怎么也追不上。终于，那男孩跑得无影无踪了。

女孩只好光着一双脚走路，她的小脚已经冻得红肿，几乎失去了知觉。她的脖子上挂着一个布兜，里面装着一大包火柴，她的手里也抓着一把火柴，她是个卖火柴的女孩。今天，她没有卖掉一根火柴，所以一个硬币也没有挣到。

女孩现在又冷又饿，她的脸上是一副可怜的痛苦的表情。雪还在下，大片大片的雪花飘落在她身上、脸上和金色的卷发上，仿佛神话中的公主。

女孩走不动了，她想坐下来歇歇。于是，在两座一前一后错落楼房的夹角处，她坐了下来。她把自己紧紧地缩在楼角里，一双小脚尽量设法缩进破旧的裙子里面。她感觉这样似乎好过些。街市那边不断飘来烤肉的香味，她深深地吸了一口气，咽下唾沫。肚子饿得在打鼓，可是，她不敢回家。她没有赚到钱，她怕父亲会打她，再说，家里很穷，住在简易的板棚里同样不避风寒，比这里也好不了多少。

女孩的手冻得有点不好使了，手里握着的火柴全撒在地上。她哆哆嗦嗦地拾起一根又一根，手里的火柴又掉了下去。她突然想到利用火柴来暖暖手，现在她已经不去想父亲知道了会不会打她。她只想快一点儿感受那暖暖的火光。

女孩吃力地握紧一根火柴，在墙上擦着了。火光闪动着，她急忙伸出手去，用手拢住火苗，手立刻感到了温暖，火苗也不再晃动，直直地向上蹿着。

女孩眯起眼睛，她感觉自己是坐在暖暖的火炉旁边，真好啊！女孩感到从未有过的舒适和温暖。她轻轻地闭起眼睛。突然，她的手被熄灭的火柴烫了一下。她匆忙甩掉火柴杆，火柴熄灭了。

女孩还想烤一烤脚，她的脚已经冻得快要失去知觉了。于是她又擦着了一根火柴。火柴燃着了，火光照亮了女孩身边的墙壁。火光映照到的地方仿佛是一间明亮的大房间，而小女孩就坐在这大房间里，她的脸露出了笑容。

女孩看到在这大房间里有着漂亮的桌椅，餐桌上铺着很考究的桌布，还有精美的餐具。餐具里满满堆放着好吃的东西，有各种各样的水果和蔬菜，还有烤鹅。女孩的眼睛紧紧盯着那只烤鹅，那烤鹅仿佛明白了女孩的心意，摇摇摆摆地走下餐桌，向女孩走来。现在烤鹅就要走到女孩身边了，女孩伸出手去。这时，火柴熄灭了，女孩的眼前一片漆黑。

女孩又擦着一根火柴，这时呈现在她眼前的是一根高大美丽的圣诞树。它比女孩曾在一位富人家窗外看到的那棵还要大。这棵圣诞树的绿枝上有上千支蜡烛。树上花花绿绿地挂满了礼物和花朵。女孩看到一双漂亮的小皮靴，她伸手想取下来，火柴又灭了。在最后的一瞬间，她看到圣诞节的烛光升腾着，直升到天空变成亮亮的星星，其中一颗星拖着长长的尾巴落下来。

女孩坐在黑暗中，她想到了已故的老祖母曾经说过的一句话"天上的星星落下来，就是人间的一个灵魂将升天了。"

女孩又擦着一根火柴，她的周围又亮了起来。想不到老祖母来

到她的面前，老祖母还是那么慈爱地伸出手来拥抱女孩。女孩高兴极了，她喊起来：

"奶奶！你是来接我的吗？快把我带走吧！千万别离开我，别像那烤鹅、大炉子和圣诞树一样一眨眼就不见了！"

女孩为了留住祖母，她抓起所剩下的一把火柴，迅速在墙上燃着。火柴的光亮大极了，比白天还要亮。祖母疼爱地把女孩抱在怀里，抱得紧紧的。女孩也使劲用手臂搂着祖母，她的心里好快乐，她再也不和祖母分开了。她闭上眼睛，忘记了周围的一切，忘记了饥饿，忘记了寒冷，忘记了忧愁，她感到她们在一点一点地飘起来，飘到极乐的上帝所在的地方去了。

第二天的早晨，人们在墙角处看到了小女孩的尸体，她仍然坐在那里，手里托着一把燃过了的火柴杆。面颊红红的，脸上浮现着快乐的微笑。

人们很难理解她脸上的笑容，因为人们无法知道她是在幸福中离开这个世界的。

童话故事篇

拇 指 姑 娘

很久很久以前,有一个老妇人孤孤单单地一个人生活。每当夜深人静的时候,她常常望着天上的月亮,用心声述说着一个美好的愿望:愿上天送给她一个孩子,哪怕像拇指那么大的孩子也好。

一天夜里,老妇人做了一个梦,梦里遇见一位女巫,她请求女巫指点她,怎样才能得到一个孩子。女巫被她的真诚感动了,对她说:

"好吧,只要你按我说的去做,你就会得到一个孩子。现在,你把这颗大麦的种子拿去,把它种在花盆里,你就会得到你要的东西。不过,你要特别细心地对待这粒种子,它绝非一般的大麦。"

老妇人千恩万谢地接过大麦种子。这时,她醒了,手里果真捧着一颗大麦粒。

老妇人一点儿也不敢疏忽,像捧宝贝一样捧着这颗麦粒,然后,找出花盆,小心翼翼地把麦粒埋进了土里。

不久,花盆里长出一棵郁金香来。一朵娇艳的红色花朵含苞欲放。老妇人喜出望外,她站在花盆边上,看呀看呀,总也看不够。

一天,老妇人又站在花盆前欣赏这朵美丽的花蕾,她忍不住弯下腰去,亲吻那娇嫩的花瓣。突然,花瓣张开了,花的中央,在绿色的花蕊上端端正正坐着一个小孩。

老妇人睁大了惊喜的眼睛,仔细地看着这个花蕊里的小孩,这是个娇小得像拇指一样大的小女孩。白白嫩嫩的脸蛋,两只眼睛笑眯眯地看着老妇人。老妇人高兴地流下了眼泪,她小心地把小女孩放在自己的手心里,口里念叨着:

"感谢上帝，给了我这么漂亮的女孩！"

老妇人把这个小女孩视为珍宝一样，就叫她拇指姑娘。

老妇人给拇指姑娘做了一个漂亮的摇篮，那摇篮其实是半个磨得发亮的胡桃壳。摇篮里有紫罗兰花瓣做的垫子和玫瑰花瓣做的被子。夜里，拇指姑娘就睡在这个充满浓郁花香的舒适的摇篮里。

白天，老妇人就把她放在桌子上，桌面对于拇指姑娘已经是不小的活动空间了。为了不使拇指姑娘寂寞，老妇人在桌子上放上一个水盆，盆里摆上花草，看上去像个花草繁茂的池塘。老妇人把郁金香的花瓣放在水面上做船，拇指姑娘坐在上边，用手摆动着划水，自在极了。拇指姑娘觉得自己就像在湖面上荡舟一样，还高兴地唱着歌。

一天夜里，拇指姑娘已经睡着了，因为窗子没有关严，一个丑陋的癞蛤蟆从窗缝里挤了进来。这只癞蛤蟆蹦来蹦去，最后跳到桌面上。它一眼发现了睡在胡桃壳里的拇指姑娘。

它左端详、右端详，忽然脑子里闪出一个念头：

"让这漂亮姑娘做我的儿媳妇倒是件不错的事。"

癞蛤蟆想到这里，上前搬起胡桃壳摇篮，把它背在背上悄悄溜出窗子，回到花园里去了。

癞蛤蟆的家就住在花园的一条小溪边上。癞蛤蟆的家里只有母子两个。儿子和母亲一样奇丑无比，整天只会"呱呱呱"地叫。

癞蛤蟆把胡桃壳摇篮轻轻放下来，小癞蛤蟆蹦过来一看：这么漂亮的小姑娘！它忍不住叫了起来。母亲急忙阻止它：

"别吵！吵醒了她，说不定她会立刻逃走的。现在，我们趁她睡着，把她放在溪水里的一片落叶上，那片落叶对她来说就是一个孤岛，她无论如何也跑不了的。"

小癞蛤蟆急忙问：

"那以后呢，难道总让她住在那片落叶上吗？"

癞蛤蟆说：

"傻儿子，等咱们把泥巴房子修好，就让她和你成亲过日子了。"

小癞蛤蟆乐坏了，差一点儿又叫起来。

溪水里有许多落叶，癞蛤蟆选了一个最大的叶子，把拇指姑娘连同胡桃壳摇篮一块儿放在了上面。

天亮的时候，拇指姑娘醒了，她睁开眼睛发现周围变了样。她急忙爬起来，这才发现周围全是水。她不知该怎么办，急得哭了起来。可是，没有人听见她的哭声。她哭累了，就昏昏沉沉地趴在胡桃壳摇篮里。

老癞蛤蟆现在正忙着呢，它坐在潮湿的泥地上，用灯芯草和睡莲精心地布置着儿子的新房。它虽然很累，心里却高兴极了，因为它的儿子就要娶一位漂亮的新娘，这对于丑陋的癞蛤蟆家族实在是只有梦里才敢想的事。

新房终于收拾好了。老癞蛤蟆抹了抹周身的泥土，高高兴兴地招呼儿子：

"喂，小子，快和我一块儿去接新娘！"

母子两个向托着拇指姑娘的叶子游过去了。它们先把胡桃壳摇篮搬走，送进泥巴筑的新房里，然后，一块儿来接拇指姑娘。老癞蛤蟆在水里对拇指姑娘点一下头，算是致意，然后，对拇指姑娘热情地说：

"可爱的孩子，从今以后我们就要一块儿生活了。我的儿子将成为你的丈夫，它是个挺不错的丈夫，我相信你们会生活得很好。"

老癞蛤蟆说着，拉过儿子，对他说：

"孩子，我给你找了这么好的新娘，你要好好待她。"

小癞蛤蟆乐得一个劲儿点头，口里不停地"呱呱呱"地叫着。

拇指姑娘坐在落叶上，只是哭，她哭得好伤心呀！她怎么会愿意和一只癞蛤蟆生活在一起呢，她甚至看都不愿意看它一眼。拇指姑娘的哭声惊动了水里的小鱼。小鱼们探出头来，听了一会儿，弄明白了是怎么回事，它们都很同情拇指姑娘，不忍心看着这么漂亮的小姑娘嫁给一只讨厌的癞蛤蟆。它们决定帮助拇指姑娘逃走。

小鱼们商量好了以后，就一齐来到拇指姑娘坐着的落叶下边，

大家齐心合力地托起那片落叶，快速地顺着水流游走了。等到小鱼们觉得癞蛤蟆肯定追不上的时候，才松了一口气。

小鱼们对拇指姑娘说：

"可爱的女孩，现在你不用怕了，癞蛤蟆肯定找不到你了。我们要回去了，你放心地坐在这片落叶上顺着溪水游去吧。你这么好的女孩一定会有好命运等着你。再见了！"

拇指姑娘流着泪说：

"谢谢你们救了我，我不会忘记你们的。"

拇指姑娘坐在落叶上慢慢地向下游漂去。一路上，风轻轻地吹，阳光暖暖地照着，小鸟唱着歌为她送行，她一点儿也没感到寂寞。

拇指姑娘就这样坐在落叶上漂呀漂呀，一直漂到国外去了。

这时，一只白色的蝴蝶看到了拇指姑娘，它高兴极了，围着拇指姑娘转了好一些时候舍不得离开。最后，它就落在了叶子上，停在拇指姑娘身边。

拇指姑娘见白蝴蝶来和自己做伴，也非常高兴。她担心白蝴蝶会不小心掉进水里，打湿了翅膀就糟了，于是，她用自己的腰带把白蝴蝶系在了叶柄上，这样她就放心了。

白蝴蝶和拇指姑娘坐在落叶上，他们继续往前漂。一只好大的金龟子也看到了拇指姑娘，它可不像白蝴蝶那样犹犹豫豫的，它径直朝拇指姑娘飞来，一下子抓住拇指姑娘的细腰，带上她飞走了。拇指姑娘被这突如其来的事情惊呆了，她不知道金龟子为什么要抓走她，她更担心那只痴情的白蝴蝶。如今，那只白蝴蝶还被腰带系在叶柄上，它无法飞走，也许会饿死的。

拇指姑娘既为白蝴蝶难过，又为自己的命运害怕，她不知道金龟子要把她带到什么地方去。金龟子停在一棵树上，它放下拇指姑娘，把她放在一张嫩绿的大树叶上，然后，把采来的花蜜糖拿来给拇指姑娘吃。

拇指姑娘惊魂未定，但她确实有点儿饿了，就吃起蜜糖来了，眼睛仍然不敢看金龟子。金龟子甜言蜜语地一个劲儿夸拇指姑娘美丽动人，说它多么喜欢她。

这时，林子里好多的金龟子听到消息后都来拜访了。它们围着拇指姑娘转来转去，发表着自己的看法：

"喂，那位老兄说她如何如何漂亮，我怎么看不出来呢？我倒是觉得她长得像个怪物。"

"是呵，瞧她只有两条腿，难道这能算好看吗？"

"她甚至连触须都没有，真是太不健全了！"

"她的腰太细，哪里比得上我们的体态。"

金龟子们七嘴八舌的议论让抓她的那只金龟子也产生了动摇。它左看右看，觉得同伴们说的也有道理，也许她真是怪难看的。既然如此，何必还要她呢。金龟子打定主意抛弃她了，它把她放在一朵娇嫩的菊花上就飞走了。

拇指姑娘坐在菊花蕊上伤心地哭了起来，倒不是她一定要金龟子收留她，她是为自己的遭遇难过。如今，命运把她抛在了这样一个广阔而又陌生的环境里，她真不知道这么弱小的自己该如何生存下去。

幸好这是个好季节，夏天温暖的阳光照进树林，也轻轻地抚慰着拇指姑娘娇嫩的脸蛋儿。拇指姑娘自己安慰自己，要活下去。于是，她振作精神开始动手安排自己的生活。

拇指姑娘决定为自己编一个小床。她用纤纤的小手收集了一些草叶，用这些草叶编了一个不错的小床。然后，把小床挂在一个宽大的牛蒡草叶子底下，这样，她就可以安心地住在床上，不会被雨水淋湿了。

拇指姑娘也学会了从花蕊里采集花蜜来做自己的食品。她每天还用树叶做成的卷筒去收集叶片上滴落的露珠，用这些露水做饮料。拇指姑娘很能干，她不再觉得孤独和胆怯了，她把自己的生活料理得挺好，又有鸟儿唱歌为伴，她的心情好起来了。

夏天和秋天很快就过去了，寒冷的冬天来了。原来美好的一切全发生了变化：树叶凋落了，花草也凋落了，为拇指姑娘的睡床蔽雨遮阳的大牛蒡草叶子也枯黄了，最后，竟在一次冷风中凋落了。天气变得阴暗而冰冷，拇指姑娘蜷缩着身子，躲在自己的睡床上，她单薄破旧的衣服怎么能抵挡冬天的寒风呢。

一天，天上下起雪来，雪花落在拇指姑娘的身上，她双手抱着肩膀，冻得浑身发抖，她的身体几乎被冻僵了。她哆哆嗦嗦地扯了一片枯叶子把自己包在里面。可是，枯叶怎么能御寒呢？她照样在不停地发抖，最后，她忽然想到：

"也许待在这里，我很快就会被冻死的。不如出去走一走，活动活动也许会好些。"

拇指姑娘从自己的小睡床上下来，一步一步地向林子外边走去。她那么小的身子，走起来当然很慢。走了好久好久，她才走出树林，来到一望无际的麦田边上，麦田里的麦子早已收割完了，只剩下一些光秃秃的田地和麦茬。她漫无目的地在麦田里走着，只管往前走。

走着走着，突然，拇指姑娘发现了一个小洞口，她不知道那是做什么用的小洞，不过，她想：

"也许躲在小洞里会暖和些。"

拇指姑娘站在洞口，脑袋向里张望，她发现里面不仅很暖和，而且很干净。她轻轻走进去，小心谨慎地问道：

"里边有人吗？我可以进来吗？"

一只田鼠应声走了出来，它看上去有点儿年纪了。老田鼠见拇指姑娘一副可怜巴巴的样子，忙说：

"请进吧，小姑娘。"

拇指姑娘讲了自己的遭遇，请求老田鼠收留她，因为，她已经无处可去了。

老田鼠心肠很好，它对拇指姑娘说：

"好吧，你就住在这儿好了。我有一整房间的粮食，足够我们用到明年夏天。我的住所也很暖和，保险你受不着冻。不过，你要答应帮我收拾房间，打扫卫生，我年纪大了，有点儿干不动了。你能和我做伴也是件愉快的事，最好再每天给我讲讲故事、笑话什么的，那就更好了。"

拇指姑娘连连答应，她为自己能找到这么好的住处高兴极了。

拇指姑娘在老田鼠家住下了。她生活得挺愉快的，再不用为温饱操心了。

一天，老田鼠对拇指姑娘说：

"今天，有一位客人要来我们这儿，它是我的邻居鼹鼠。它有很舒适的住宅，华贵的服饰。如果你能博得它的好感，让它娶你为妻，你会一辈子吃穿不愁的。记住，它的眼睛看不见东西，只要你能讲些它喜欢听的话，它就会爱上你的。"

拇指姑娘听了老田鼠的话，心里不以为然，她根本没想过要嫁给一只鼹鼠。管它怎么有钱、有学问，可它自己什么都看不见。听说它对阳光下的一切都排斥，对阳光呀、花呀、树呀，从来没说过一句好话。

鼹鼠来访的那一天，拇指姑娘见它果然穿着很漂亮的像天鹅绒一样的袍子，一副绅士模样。

拇指姑娘出于礼貌，为鼹鼠唱了一支歌，这支歌的确很动听。拇指姑娘优美的嗓音使鼹鼠真的动心了。

这是个有心计的鼹鼠，它没有当场表露自己的感情，而是回到家中，想出一个接近拇指姑娘的好主意来。它从自己家里挖了一条长长的通道，直通老田鼠的家。它很有礼貌地对老田鼠和拇指姑娘说：

"请你们随时到我家来做客，你们可以从这条通道过来，这条通道又近又可以避免风雪。"

最后，鼹鼠还没有忘记告诉她们：

"这条通道上有一只死鸟，是前几天去世后被埋在这里的。为了不绕道，只好经过死鸟埋葬的地方。"

老田鼠和拇指姑娘在鼹鼠如此殷勤的邀请下，实在不好意思拒绝，她们决定随鼹鼠一道去它家进行礼节性拜访。

鼹鼠高兴地走在前边，它的嘴里叼着一根引火木。这引火木可

以在黑暗中发光,这样,就可以为老田鼠和拇指姑娘照亮通道了。走着走着,果然看到前边不远处有一只鸟躺在那里。为了让老田鼠和拇指姑娘看得更清楚些,鼹鼠索性用它的大鼻子把通道上捅出一个大洞来。阳光照进通道,眼前的一切看得更清楚了。

老田鼠和拇指姑娘走近那只鸟的身边,看清了那是一只死燕子。燕子美丽的翅膀紧贴在身体上,腿和头紧缩进羽毛里,一眼就看得出是冻死的,拇指姑娘看了冻死的燕子,心里很难过。她特别喜欢鸟,因为鸟给她的生命带来了数不清的欢乐,没有鸟,世界会变得静寂和沉闷。

鼹鼠和拇指姑娘的想法可不一样,它用脚踢了一下燕子,轻蔑地说:

"瞧它这副可怜样子。活着的时候挺神气的,整天唱呀唱的,到了冬天,还不是这种下场。"

老田鼠也随声附和道:

"可不是么,还是你生活得实际,不像燕子之类的鸟们高高地站在树上,唱着似乎很高雅的曲子,以此来表示着自己的才华。结果如何呢?还不是躲不过严寒和饥饿。"

拇指姑娘什么也没有说,她的心情很沉重。她趁鼹鼠和老田鼠转过身去议论的时候,轻轻地弯下身子,用手把燕子头前的一缕羽毛拂到一侧去,让它露出美丽的额头。然后,她又在燕子的额头上轻轻地印了一个吻。她忍不住想到:

"可怜的燕子,说不定在夏天里,每天清晨在我头上唱歌的就是你,你的歌是那样叫我陶醉,让我感到生活是那么的美好。现在你却躺在了这里……"

这天晚上,拇指姑娘怎么也睡不着,她的脑海里总是浮现出燕子的影子。她悄悄地爬起来,找了些草,编了一个很大的草毯子。然后,把草毯子带到那只死了的可怜的燕子身边,轻轻地把草毯子盖在燕子的身上。她还把在老田鼠洞里找到的一点儿棉絮也带来了,小心地掖在草毯的缝隙处,仿佛那燕子没有死,这样会使它暖和一些。

做完这一切，拇指姑娘凝神看着燕子说：

"可爱的燕子，虽然你现在躺在这里什么也不知道了，但我不会忘记你的，我会永远怀念你。夏天的时候，你曾唱了那么多好听的歌，给了我那么多的快乐，我在心底感激你！愿你的灵魂安息吧，再见了，燕子！"

拇指姑娘说了这些伤感的话之后，把头温柔地贴在燕子的胸膛上，想和它最后告别。这时，她突然吃惊地抬起头来，因为她感觉燕子的心脏似乎还在跳动。她不敢相信这是真的，又轻轻地把身子伏在燕子的身上，这一次，她真真切切感觉到燕子的心在跳动。

原来，这只燕子并没有死，它不过是被冻僵了。它原本和所有的燕子一道往南方飞去，准备在温暖的南方度过寒冷的冬季。结果，在飞行的路上，它受伤掉队了，病刚刚好一点儿，一场暴风雪把它冻得昏了过去，最后，让冰雪把它掩埋了。

拇指姑娘不知该怎样帮助燕子，才能使它苏醒过来。她又找来了自己当被子的荷叶，她再也没有别的办法给燕子更多的温暖了。最后，她干脆把自己小小的身体伏在燕子身上。

第二天夜里，她又跑到燕子身边，暖它的身子。这时，燕子忽然微微地睁开了眼睛。它看见一个比自己小很多的小姑娘正在帮助自己，它的眼睛潮湿了。它动了动嘴巴，用微弱的声音说：

"谢谢你，好心的小女孩。我现在感觉温暖极了，过不了多久，我就能重新飞起来，飞到外面的世界去。"

拇指姑娘高兴得流出了眼泪，她急忙说：

"不行，你不能飞到外面去，外边太冷了，到处都是冰雪，你就躺在这儿好了，我会照顾你的。"

从此之后，拇指姑娘每天来照看燕子，给它送吃的和喝的东西。燕子给她讲自己的经历，讲自己的翅膀是怎么被荆棘刺伤的，讲自己的同伴，讲温暖的南方，她们成了好朋友。

整个冬天很快就过去了，有了燕子做伴，拇指姑娘觉得冬天不

怎么难熬。她们之间的交往田鼠和鼹鼠一点儿也不知道。拇指姑娘没告诉它们，因为她知道它们不喜欢燕子。

春天到了，天气一天天暖和起来，燕子要飞走了，它恋恋不舍地问拇指姑娘：

"你想不想和我一起飞走？你可以坐在我的背上，我会好好地待你，回报你的救命之恩。"

拇指姑娘说：

"我不能走啊，田鼠年纪大了，需要照顾。"

燕子只好与拇指姑娘告别，它深情地说：

"再见了，你这善良、美丽的女孩，我不会忘记你的。"说完，便飞上了天空。拇指姑娘目送着燕子的背影，眼睛里滚下了热泪。其实，她是多么想和燕子在一起呀。

燕子越飞越远，终于，看不见了。拇指姑娘这才拖着沉重的脚步走回黑漆漆的田鼠洞里。她的心在流泪，她不知道自己的前途在哪里，她必须强迫自己适应地下洞穴的生活。

田鼠洞上的田野里已经齐刷刷地长起了一望无边的麦子。这时，田鼠对拇指姑娘说：

"夏天就快到了，你要在这段时间里缝好一件嫁衣，因为鼹鼠已经向你求婚了，我也答应了它的请求。它很快就会娶你，你要做好必要的准备，它可是个挺阔的绅士。"

拇指姑娘没有能力改变自己的命运，她只好听凭田鼠的安排。她开始学着摇纺车。鼹鼠还为她请了几位蜘蛛，它们日日夜夜地忙碌着。

鼹鼠似乎等不及似的，每天晚上都要到田鼠家来，看看纺纱、织布的进展情况，每次还要唠唠叨叨地说这些讨厌的话。

拇指姑娘心里一点儿也不高兴，她甚至不希望快点儿把嫁妆赶出来，因为，她一点儿也不喜欢鼹鼠，不过是不得已罢了。她的心里倒是常常记挂着那只漂亮的燕子，不知它现在怎么样了。每天清晨，太阳一出来，拇指姑娘总要到洞外来站一会儿，她自己也不知道这是为什么，也许她希望某一天清晨燕子会突然出现在她的面前，唱着好听的歌。黄昏的时候，她也常走在田野里，她希望有燕子的消息。

后来，田鼠发现了她心神不定地往外跑，便带有责备意思地对她说：

"你是快做新娘的人了，应该踏踏实实地忙嫁妆，这样整天往外跑像什么样子？"

拇指姑娘再也忍不住心里的悲哀，她哭了起来，对田鼠说：

"我不想嫁给鼹鼠，我宁可一辈子服侍你。"

田鼠一听，气坏了，大声喊着：

"那怎么行！答应了的事情怎么能反悔呢？它那么富有，你嫁过去会吃穿不愁的，像这样的丈夫你上哪儿去找？如果你敢不听我的话，你可不要怪我，我会狠狠地咬你的！"

拇指姑娘绝望了，现在只好听天由命了。婚期就要到了。拇指姑娘的心里像压着块大石头。

举行婚礼的那天，鼹鼠打扮得漂漂亮亮，皮袍梳理得油亮，它一脸喜气洋洋的神情来接拇指姑娘了。

拇指姑娘擦干了眼泪，她向鼹鼠提出一个请求：让她再到洞外的田野里去拜一拜太阳、树木和花草，因为以后她就只能永远生活在地下世界了，她要跟阳光下的一切告别。

鼹鼠心情特别好，因为能娶上这么漂亮的新娘真是件不容易的事，很多亲戚朋友都说它有福气。它现在什么条件都会答应拇指姑娘的，只要她做它的新娘。

拇指姑娘来到洞外的田野上，她望望太阳，望望远处的树木，望望一眼望不到边的麦田，心里百感交集，又流下了眼泪，她心里念叨着：

"再见了，光耀四方的太阳！再见了，可爱的田野、树木和花草！再见了……"她的眼睛湿润了，泪水像小溪一样在脸上流淌。她知道嫁给鼹鼠就等于要一生住在阴暗潮湿的地下洞穴里了，她不

愿意，但她没有办法。现在，她只能用眼泪来倾诉心中的悲哀了。

拇指姑娘正在伤心地哭泣，突然听到头上方有："滴里、滴里"的叫声，她抬头一看，是一只燕子从头上飞过。一会儿，那只燕子落在了她的面前，拇指姑娘惊喜地叫了起来：

"是你吗？真的是你吗？我亲爱的燕子。"

小燕子也高兴极了，它见拇指姑娘的脸上挂着泪痕，就关切地问：

"你怎么了，为什么事伤心了？"

拇指姑娘向小燕子讲述了自己的不幸，一边讲，一边又伤心地哭了起来。

小燕子听了拇指姑娘的叙述，心里十分同情这个可怜的小女孩，它也不愿意拇指姑娘嫁给那样一个丈夫，那岂不害了拇指姑娘的一生。它想了想，说：

"别难过了，天气就要冷了，每年冬天我们都要到南方去，那儿气候温和，特别适合我们生活。要不然，你干脆和我一块儿到南方去吧"

拇指姑娘停住了哭声，她擦擦眼泪说：

"可是，我又不会飞，怎么去呢？"

小燕子说：

"我可以背着你，你要用腰带把自己系在我身上，就不会有什么危险了。我带你离开这里，田鼠鼹鼠就再也找不到你了。你会很喜欢南方的生活的，那儿有开不败的鲜花，一年四季都能看到绿树青草，还有美丽的蝴蝶、蜜蜂，你不会寂寞的。"

拇指姑娘说：

"南方一定很远吧？你带着我不是太辛苦了吗？"

小燕子说：

"南方是很远，不过，我的体力很好，你不用客气，也不用担心。你救了我的命，我出点儿力算得了什么。"

拇指姑娘笑了，她说：

"那好吧，我和你一块儿到南方去"

拇指姑娘把自己牢牢地系在小燕子身上，她们一块儿向南方飞去了。拇指姑娘从来没有从这么高的地方往下看过，起初她有点儿胆怯，觉得往下看，头都有些发晕了。慢慢地，她习惯了高空飞行。她惊奇地往下看去，高山、大川、雪峰、森林，她从来没有见过这么壮丽的景象，她在心里说：

"原来世界这么大！这么美！"

小燕子把拇指姑娘带到了南方。这儿的气候好极了，太阳似乎更明亮，天空似乎更高远。拇指姑娘的心里畅快极了。

她们来到小燕子在南方的住所，这周围的风景更是美极了。一个很大很大的大花园，里边有碧波荡漾的湖水，有树林、鲜花、绿草，还有一大片果树和葡萄架，架上挂着沉甸甸的葡萄。树林里有许多蝴蝶、蜜蜂，还有唱着各种歌的小鸟。最让拇指姑娘惊奇的是花园里有一座金碧辉煌的宫殿。这么漂亮的房子拇指姑娘还是头一次见到，她甚至以为这就是天堂了。

拇指姑娘正出神地看着眼前这一切，忽然听到燕子对她说：

"喂，你想住在哪里？我好给你安排。"燕子指着它房子旁边的花丛，问拇指姑娘。

拇指姑娘指着一根倒在地上的大理石柱子旁边盛开的一朵美丽的白花说：

"我就住在这朵花蕊里好了。"

燕子把拇指姑娘放到那朵花的花瓣上。拇指姑娘深深地吸了一口花香，她觉得这儿舒服极了。拇指姑娘一扭脸，发现花蕊上还有一个小人，是个小男孩，那男孩十分英俊，一双眼睛充满智慧，头上还戴着一顶金色的王冠。与拇指姑娘不同的是，他身上有一对透明的翅膀。他的个子和拇指姑娘差不多高。拇指姑娘好奇地问：

"你是谁？"

那个男孩说：

"我是花中的国王，我的臣民就是每朵花中的安琪儿。"

拇指姑娘惊喜地叫了起来，她对燕子说：

"上帝呀！原来他是个国王！多么了不起的人呀！"

这位小国王见到拇指姑娘非常高兴，立刻向拇指姑娘问好，他十分有礼貌地说：

"认识你太好了！你是我见过的最美的女孩！"

他们热烈地攀谈起来，谈得那么投缘，那么开心。小国王把自己的王冠取下来戴在拇指姑娘头上，他说：

"你戴上这王冠就更美了，我真希望你能嫁给我，做百花王国的王后吧！"

拇指姑娘兴奋极了，她是多么喜欢这位小国王啊，她从心里爱上了他。她想到从前的经历，想到那么丑陋的鼹鼠，它怎么能和这么可爱的小国王相比呢。她觉得自己真是太幸运，太幸福了，她答应了小国王的求婚。

小国王向百花中的安琪儿公布了这个令人振奋的消息。所有的花里都走出一位可爱的安琪儿，它们热烈地向小国王和拇指姑娘祝贺，祝福他们永远幸福、快乐。

小国王为拇指姑娘安上了翅膀，现在，她也能像小国王和所有的安琪儿一样在花间飞来飞去了。她快活极了，扇动着翅膀来到小燕子的家里，她要把这最好的消息告诉自己的好朋友。

小燕子听到了小国王要和拇指姑娘结婚的消息，高兴地为他们唱起了祝福的歌。它虽然那么喜欢拇指姑娘，而且已经从心里爱上了她，但它还是为拇指姑娘高兴，宁肯把自己的痛苦深深地埋在心底。

所有安琪儿都希望国王为他的王后起一个美丽动听的名字，国王觉得有理。于是，他为拇指姑娘起了一个新名字，叫玛娅。

小燕子为了使自己不再伤感，它在一个晴朗的天气里向拇指姑娘和小国王告别，它说，它要搬到很远的一个地方去，那儿有它的一位亲戚需要照顾。

拇指姑娘不知道小燕子心中的秘密，她热情地挽留它：

"不要走了,你是我最好的朋友,我真不愿意你离开我。你可以让那位亲戚到我们这儿来住,我们大家都可以照顾它。"

小燕子谢绝了,它含着泪说:

"再见了,也许我还会来看你的,希望你保重。"

小燕子从此再也没有见到拇指姑娘,它是在临终前才讲了这一切,这个故事就是这样流传下来的。

童话故事篇

三只小猪

从前，有一头老母猪和三只小猪。老母猪没有食物喂小猪，就打发它们自寻活路。

第一只小猪出门后遇见了一个背着一捆稻草的人。小猪对他说："人哪，把稻草给我，让我盖一间房子。"

那人把草给了小猪。小猪就拿来给自己盖了一间房子。

一会儿，一只狼跑了过来。他敲敲门，说："小猪，小猪，让我进来。"

小猪说："不，不，我可不让你进来。"

狼说："那我就要吹倒你的房子。"

说着，狼使劲儿鼓足气，把草屋吹倒了，吃掉了小猪。

第二只小猪遇上了一个背着一捆树枝的人，说："人哪，请你把树枝给我，让我盖间房子。"

那人把树枝给了小猪。小猪盖起了房子。过了一会儿，狼来了。狼说："小猪，小猪，让我进去。"

"不，不，我可不让你进来。"

"那我就要吹倒你的房子。"

于是，狼使劲鼓足气，终于把房子吹倒了，吃掉了小猪。

第三只小猪遇上了一个挑砖头的人，就对他说："人哪，请你把砖头给我，让我盖间屋吧。"那人把砖头给了小猪，让它盖了间屋。狼又来了，对小猪说："小猪，小猪，让我进去。"

"不，不，我可不让你进来。"

"那我就要把你的屋子吹塌。"

于是，狼鼓足气，使劲儿吹，但是它怎么也吹不倒房子。

狼发现怎么吹也不行，就说："小猪，我知道那边有一块萝卜田。"

"在哪儿啊？"小猪问。

"在史密斯先生的庄园里。你准备准备，明天早上我来喊你，咱俩一起去弄点来当中午饭吃。"

"好极了，"小猪说，"我会做准备的。你想什么时候去？"

"六点钟。"

小猪五点钟就起来，把萝卜弄了回来。到六点，狼来了，说："小猪，准备好了吗？"

小猪说："早准备好了！我去过了，拿回来一大堆萝卜，够我中午吃的了。"

狼气得要命。他想方设法要抓到小猪，说："小猪，我知道哪里有一棵苹果树。"

"在哪儿啊？"小猪问。

"在大花园里，"狼说，"你别再骗我。我明天早晨五点钟来喊你，我们去搞点苹果来。"

第二天四点钟，小猪就跑出去找苹果，打算在狼来以前回家。可是路挺远的，它还得爬上树。它刚准备下树时，一眼看见了狼正跑过来。自然，小猪害怕得要命。

狼跑到苹果树前问："怎么，小猪，你比我来得早哇？苹果不错吧？"

"是的，很不错，"小猪说，"我给你扔一个下来。"小猪扔得很远，狼跑过去捡。小猪乘机跳了下来，跑回家了。

第二天，狼又来对小猪说："小猪，今天下午，城里集市你去吧？"

"噢，当然，"小猪说，"我想去。你准备什么时候去？""三点。"狼说。小猪跟上几次一样，又提前去了集市。它买了一个搅奶器，正往家走，突然看见狼迎面跑过来。它不知怎么办才好，一下

跳进了搅奶器。搅奶器滚了起来,带着小猪滚下了山坡。狼大吃一惊,连集市也没去,就跑回家去了。他走到小猪屋前,对他说,一只圆乎乎的东西从山上滚下来,吓了它一大跳。

小猪听了,就说:"哈哈,我让你受惊了吧?我到集市去了,买了一只搅奶器。我看你过来,就跳进里边滚下了坡。"

狼气坏了,发誓要吃掉小猪,说它要从烟囱里爬进来抓小猪。小猪听了,赶快吊起一口锅,往里加满水,然后在底下燃起熊熊大火。当狼正往下跳时,它揭开了锅盖。狼"扑通"一声掉进了锅里。小猪立刻重新盖上锅盖,把狼煮熟,美美地吃了一顿。从那以后,小猪一直生活得很幸福。

童话故事篇

睡 美 人

　　很久以前，有一个国王和王后，因为没有子女，感到难以言喻的悲哀。他们尝遍了世上所有的药水，发尽了誓愿，终于，王后生下一个女儿。他们为她举行了隆重的洗礼。他们找遍全国，请来了七位仙女当她的教母，希望她们能给她带来好运气。

　　洗礼之后，仙女们从教堂到了王宫。那里已经为她们预备好了丰盛的午餐。每位仙女的面前都摆上了一个大金盒，里面装着一把金调羹、一把金刀、一把金叉，全部镶了钻石和红宝石。但是，她们刚想就座，忽然看见大厅里进来一位不速之客——一位很老的仙女。五十多年来，她从未露过面，人们都以为她不是死了，就是中了魔法。

　　国王下令给她安了一个席位，可是拿不出金盒子来送她，因为只为七位仙女准备了七个。老仙女觉得她是被人故意怠慢了，就恶狠狠地咕哝了一声。

　　坐在她身边的一位年轻的仙女听见了她的抱怨声。她揣度着老仙女会给小公主一些不利的祝福，就在席终时赶忙起身藏到帷帐的背后。这时，她准备最后表示祝愿，要是老仙女有什么恶意，她也可以尽可能挽回一些后果。

　　这时，仙女们纷纷对公主表示祝愿。很年轻的仙女祝愿公主成为世界上最美的人；第二个仙女祝愿她具有天使般的聪明；第三个说，她不论做什么事，都会做得很出色；第四个说，公主将成为一个技艺出众的舞蹈家；第五个说，她的歌声会像夜莺那样动听；第

六个说，她将能熟练地演奏所有的乐器。

轮到老仙女了。她老态龙钟，摇头晃脑，恶狠狠地说，公主将让纺锤扎伤，并因此而死。听了这可怕的预言，人人胆战心惊，都哭了起来。

就在这时候，躲在帷帐背后的仙女走了出来说："放心吧，国王、王后，你们的女儿不会死。当然，我没有法术整个儿改变老仙女的预言。公主的手会被纺锤扎伤，可是，她不会因此死去，而是会因此沉睡一百年。一百年之后，将有一个王子来唤醒她。"

国王为了不使灾难发生，下令王宫内不准用纺锤纺线，甚至不准在宫里存放纺锤。

大约十五六年以后，国王和王后有一次出去到行宫游玩。公主自得其乐地在宫里到处游逛。她跑进了塔楼上的一间小屋里，那里面有一个老婆子正在用纺锤纺线。她从来没听说过国王的禁令。

"你在做什么啊，老婆婆？"公主问。

"我在纺线呢，孩子。"老婆婆回答。

"哈，"公主说，"真漂亮。你怎么做成的？给我看看。"

她刚刚接过纺锤，手就被它扎破了。她昏倒在地上，老婆婆大声喊人来帮忙。人们跑了过来，往她脸上泼水，用手在她的太阳穴上擦香料，但一切都无济于事。

这时，国王回宫了。他听到了喧闹声就上了楼。他记起老仙女的预言，明白了凡是仙女说过的事，必定会发生。他就让人把女儿抬到了宫中最好的房间，放在一张金碧辉煌的床上。

公主看上去美丽无比，真像个天使。尽管昏迷不醒，也丝毫无损她的天姿国色。她脸似桃花，唇若珊瑚，眼睛尽管闭着，仍然可以听得见轻微的呼吸声。

这使周围的人感到欣慰：她毕竟还活着。国王下令让她安眠，等待她苏醒的时刻到来。

那位救了公主性命，但注定她要沉睡百年的好心肠仙女此刻正在一万两千里远的马塔金王国中，但是一位侏儒立即把消息报告了她。那侏儒有一双靴子，穿上后一步就可以跨出七里远。仙女乘上一辆由龙拉的车，顷刻之间就来到了宫殿。

国王亲自扶她下了车。仙女对国王的安排表示了赞许。她用棍子碰了宫里所有的人——除了国王和王后、王宫士兵、男女侍从、厨师厨娘等等。她同样也用棍子碰了所有马厩里的马、院子里的大狗和公主床脚下的巴儿狗。

宫里的一切一挨上仙女的棍子，就陷入了沉睡，要等到他们的女主人睡醒，需要他们时，他们才会苏醒，甚至连串着鹧鸪山鸡的烤叉和炉火也睡着了。这一切都发生在一瞬间——仙女们的魔法总是十分灵验的。

国王和王后温柔地吻别了爱女，离开了宫殿。顷刻之间，王宫的四周长出了一片浓密的树，大树小树、灌木荆棘郁郁葱葱，互相缠绕，鸟兽都难以通过。王宫被整个儿遮没了，只剩下从远处才依稀可辨的塔顶。

岁月流逝，转眼就是百年，另一个王族统治了这个国家。当邻国国王的儿子有一天在巡猎时，看见了密林中的塔顶，就派人打听。

人们把听到的各种传说告诉了他。有的说，那是一座幽灵出没的坍塌了的古城堡；有的说，那是巫婆术士们黑夜聚会的场所。一般人都认为那里边住着一个恶魔，时常出来抓小孩吃。

王子感到茫然了，不知该相信哪一种说法才好。这时，一个年迈的乡下人对他说："殿下，大约五十年以前，我父亲说，他听我祖父说起过，那宫里有一位公主，是个绝色的美人。她得在那里沉睡一百年，直到一位王子唤醒她为止。"

这番话激起了王子火一般的热情。想到这是一个千载难逢的好机会，他心中燃起了对爱情和荣誉的渴望，当即下了决心要进去探视一番。

他刚刚迈进树林，参天古木、丛生的荆棘就给他让出了一条道路。他沿着长长的林间幽径向城堡走去。使他惊讶的是，随从们一个也没能跟他进来。只要他一经过，树木就合拢拦住了来路。然而，

凭着年轻人的勇敢，他继续奋勇前进。

他来到了一个宽敞的大院。那里的景象足以使最勇敢的人毛骨悚然：死一般的沉寂，到处是横七竖八的人和牧畜的躯体，看上去都像是死了一样，一动也不动。但是，王子看到看门人脸色红润，就知道他们不过是睡着了。他们的酒杯里还有剩酒，说明他们准是在喝酒时睡着了。

王子接着穿过大理石铺的宫院，上了楼梯，进入了卫兵室，看到了肃立的卫兵们肩上挎着长枪，一个个鼾声如雷。王子又经过了几个房间，里边尽是沉睡的男男女女，有的站着，有的坐着。最后，他到了一间金碧辉煌的卧室，看到一张敞着帐子的床上睡着一个他平生见过的最美丽的公主。她看上去约摸有十五六岁，容光焕发，美若天仙。王子走到跟前，神魂颠倒地跪倒在地上。

这时，魔法已到期限，公主霍然苏醒，脉脉含情地望着王子。"是你来了吗，亲爱的王子？"她说，"我等你好久了。"

王子听了这句话，高兴极了，公主的柔情使他陶醉。他不知道该怎样表达他的喜悦和感激的心情。他对她说他爱她胜过他自己。这寥寥数语也足以传达他俩的相互爱慕之心了。

自然，王子比公主更加觉得茫然不知所措，公主总还有过足够的时间来考虑她该对他说的话，因为，尽管史书上没有记载，那位好心肠的仙女一定在公主漫长的睡眠时间里，让她做过许许多多的美梦。长话短说，他俩情话绵绵不停地讲了几个小时，还倾诉不了一半的情怀。

日落时候，整个王宫也都苏醒过来了。人人都去干自己的事，再说他们又不谈恋爱，都觉得饿坏了。侍女等得不耐烦了，就大声告诉公主说，到该吃饭的时候了。

于是，王子扶公主起了床。公主穿戴得很艳丽，可是王子看了，觉得她的衣着甚至衣领上的花边都像他祖母的装束，这是他在画上看到的。即使穿着这样古色古香的衣服，公主依然显得十分迷人。

他们走进挂满镜子的大厅，公主的侍从们侍候他们吃了饭。乐师们奏起了古老的曲子，虽然他们已经一百年没抚摸过乐器了，音乐依然很动听。晚饭后，公主和王子就在教堂里举行了婚礼。尽管公主比王子大了整整一百岁，可谁都看不出来。

　　几天之后，王子把新娘带回到自己的宫殿，而着了魔法的古堡和森林就此永远消失了。

童话故事篇

小红帽

从前有一个漂亮的小女孩，人人见了都爱她，尤其是她的奶奶，不知道要把什么给她才好。有一次，奶奶送了她一顶天鹅绒的红帽子，她戴着非常合适，所以大家叫她小红帽。

有一天，母亲对她说："小红帽，来，这里有一块饼和一瓶葡萄酒，拿去送给奶奶吧。她有病，身体虚弱，吃了可以恢复健康的。趁天气不热，你这就动身。到外面要好好走路，不要跑到路外去，免得奶奶吃不到葡萄酒。你到她房间的时候，不要忘记说'您好'，不要东张西望。"

小红帽对母亲说："记住了，一切照你说的做。"接着她就同母亲告别。奶奶住在郊外森林里，离村庄有半小时的路。小红帽到森林里的时候，遇着狼。她不知道狼是非常残忍的野兽，根本不怕它。

狼说："早安，小红帽。"

"非常感谢你，狼。"小红帽说。

"小红帽，你这么早到哪里去呀？"

"到奶奶那里去。"

"你裙子里面放的什么东西？"

"饼和葡萄酒。我们昨天烤了饼，奶奶有病，身体虚弱，要吃点好东西来补养补养。"

"小红帽，你的奶奶住在哪里？"

"在森林里，还有整整一刻钟的路。她的房子在三棵大橡树下面，旁边是胡桃树的篱笆，你一定知道的。"

狼心里想："这个年轻娇嫩的人，是一口肥肉，比老太婆的味道好。我应该用计把两个都捉住。"于是，它在小红帽身边走了一会儿，然后说："小红帽，你看周围这么多美丽的花，你为什么不瞧一瞧呢？我觉得，鸟儿唱得这样好听，你却简直没有听见。你只是走自己的路，好像上学的样子，不知道郊外森林里面这样快乐。"小红帽张大眼睛，看见阳光照过树木，一去一来地跳舞，到处都开着美丽的花。她想："如果我带一把鲜花给奶奶，她一定很高兴的。天色还早，我还来得及赶到她那里。"她离开大路，到森林里去找花。她每次摘了一朵，看见远处还有更漂亮的，又跑去摘，因此就陷到森林的深处去了。

但是，狼径直走到奶奶的房子那里，敲敲门。奶奶问："外面是谁呀？"

"小红帽。给你拿饼和葡萄酒来了，开开门吧。"

奶奶叫道："你掀门上的把手好了，我没有力气，不能起来。"

狼掀门把手，门开了。它一句话不说，一直走到奶奶床边，把奶奶吞了下去，然后穿着奶奶的衣服，戴上奶奶的软边帽，躺到奶奶的床上，拉上窗帘。

再说小红帽到处跑着找花，她采集了很多，多到拿不动了，才想起奶奶来。小红帽走到路上，往奶奶家里走去。到了那里，门开着，她很奇怪。她走进房间，觉得有些异样。她想："唉，我的天，我今天为什么非常不安呢？平常在奶奶这里总是很高兴的！"她叫道："奶奶，您好！"但是得不到回答。她走到床前，把窗帘拉开，看见奶奶躺在那里，帽子戴得很低，把脸遮住，样子很奇怪。

"唉，奶奶，你的耳朵为什么这样大！"

"为了我能够更好地听你说话呀。"

"唉，奶奶，你的眼睛为什么这样大！"

"为了我能够更好地看你呀。"

"唉，奶奶，你的手为什么这样大！"

"为了我能够更好地抓你呀。"

"奶奶，你的嘴为什么大得这样怕人！"

"为了我能够更好地吃你呀。"

狼刚说完这句话,便从床上跳下来,把可怜的小红帽一口吞下了。

狼满足了它的欲望之后,又躺到床上睡着了,开始大声打鼾。恰巧有个猎人从屋前面走过,想道:"老太婆在打鼾,我应该去看看她是不是不舒服。"猎人走进房间,来到床前,只看见狼躺在床上。他说:"你这个老犯人,我找了你很久了,到底在这里找着你了。"他端起枪正瞄准,忽然想到,狼可能把奶奶吃了,她或许还可以得救。于是他不射击,拿起剪刀开始剪那狼的肚皮。他剪了几刀,看见一顶小红帽;又剪了几刀,女孩就跳了出来,叫道:"啊嘿,把我吓死了,狼肚子里非常黑暗!"后来老奶奶也活着出来了。小红帽赶快去拿大石头填到狼肚子里,狼醒了,要逃走,但是石头非常重,它马上倒下死了。

后来,猎人剥下狼皮带回家,奶奶吃小红帽拿给她的饼和葡萄酒,身体好起来了。小红帽想:"如果母亲说不要离开大路独自跑到森林里去,那就永远不要去。"

第二章

民间传说篇

民间传说是民间口头叙事文学,由历史事件、历史人物及地方风物有关的故事组成。

许多传说把比较广泛的社会生活内容通过艺术概括而依托在某一历史人物、事件或某一自然物、人造物之上,达到历史的因素和历史的方式与文学创作的有机融合,使它成为艺术化的历史,或者是历史化的艺术。

民间传说篇

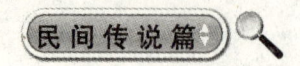

巾帼英雄梁红玉

　　金山之所以闻名,除了民间广为流传的"白娘娘水漫金山"以外,还流传着妙高台梁红玉击鼓抗金的动人故事。

　　南宋初年,金军统帅兀术率10万金兵南下,宋高宗辗转江淮,苟安扬州,偏安临安。国家到了生死存亡的紧急关头。乱世出英雄,南宋不但出了一批像岳飞、韩世忠这样的抗金英雄,而且涌现出一位巾帼英雄梁红玉。

　　梁红玉出生在江苏淮安城北门外的北辰坊,幼时好习文练武,后随母避战乱来到镇江,结识了韩世忠,二人志同道合,结为夫妻。韩世忠在梁红玉辅佐下屡建战功,被擢升为浙西制置使等职。

　　金兀术大破临安之后,被岳飞等在苏州击败,仓皇向镇江逃窜,企图在此越江北逃。梁红玉与当时驻守江阴的韩世忠商量:"金军远道南下,孤军深入,又被岳飞击败,粮草不济,不能久战。我等只需扼控长江,阻其北逃,则金军必不战自垮。"于是二人便立即屯兵焦山、金山一带。金兀术见退路被堵,决定从金山附近江面上突转北逃。金兵与宋军在金山附近展开了一场血战。梁红玉与韩世忠兵分两路,占据有利地势,痛击金兵。梁红玉亲自坐镇金山妙高台,日夜观察敌军动向,白天以白旗为信号,晚上以球灯为信号,指挥宋军作战。梁红玉亲自擂动战鼓,协助指挥战斗,鼓舞宋军士气。宋军尽管人少,但个个士气饱满,将人数为自己十余倍的金军打得节节败退,误入黄天荡。黄天荡如同一条死胡同,进退无路。韩世忠见金兵进入黄天荡,立即采取长围久困之计,企图逼迫敌人投降。梁红玉提醒韩世忠,应当乘胜追击,彻底捣敌,不可疏误。韩世忠不听，他说："金兀术误入死地，插翅难逃。我军只需将他团团围住，待其粮草断绝，必定不战自垮。"

谁知这金兀术在绝望之中，重金悬赏得知黄天荡芦苇丛中原先有一条小河名老鹳河，原来与江相通，后因年久淤塞，成为死荡，只要疏通，便可出荡逃遁。金兀术绝路逢生，大喜过望，立即命手下士兵连夜凿渠约17公里，入江逃脱。

宋军因黄天荡一仗大伤金兵元气，取得胜利。宋高宗龙颜大悦，擢升韩世忠为检校少师、武成威清节度使、神武左军都统制等职。然而，梁红玉却认为韩世忠在黄天荡一仗上贻误战机，使敌军逃脱，应当追究责任。她亲自上本启奏，称"世忠失机纵敌"，应"乞加罪责"。满朝文武官员见到梁红玉的奏本，无不为之敬佩。这样一位深明大义的巾帼英雄，在民族危急存亡的关头助夫抗金，功成后又能秉公劾夫，其爱国主义精神与不徇私情的高尚品质为人敬重，实为难得。

民间传说篇

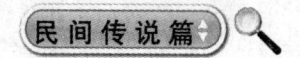

李 广 射 虎

唐代诗人卢纶有一首著名的《塞下曲》，其诗云："林暗草惊风，将军夜引弓。平明寻白羽，没在石棱中。"

这首诗的大意是说：天色傍晚，树林里渐渐暗下来，一阵阵疾风吹得草木沙沙作响。就在这时，将军仿佛影影绰绰看见一只老虎，蹲伏在草丛中，于是他用力拉开了手中的硬弓。可是等到天明的时候，去寻找那支白羽长箭，原来射中的不是老虎，它深深地没入了石棱之中！

据说这首诗是取材于《史记·李将军列传》，描写了汉将李广夜晚出猎，误把蹲石当成老虎，一箭射出，没石饮羽的神奇传说。

李广是西汉景帝、武帝时的名将。他猿臂善射，弓马娴熟，作战时忽来忽去，常以奇兵取胜。匈奴人害怕他，称他为"飞将军"。

汉武帝时，李广曾出任右北平（今辽宁省凌源县西南）太守，镇守北方的边境。右北平一带，森林茂密，夜间常有猛虎出没，伤害人畜。李广性格勇武，喜欢打猎，对射虎更有兴趣。

一天傍晚，李广带兵出巡归来，路过一片树林。其时疾风阵阵，月色朦胧，正是猛虎出来活动的时候。李广和他的随从都很小心，害怕从林中突然跳出一个吊眼白额大虫。

他们走着走着，一阵狂风吹过，李广忽然看见前方不远的草丛中蹲着一只斑斓大老虎，拱起身子，仿佛正要扑过来。说时迟那时快，只见李广连忙拈弓搭箭，用足了力气，一箭射了出去。当然是射中了，但那只老虎仍旧蹲在那里，一动不动。可是当他的随从们提着刀跑过去看时，全愣住了，原来射中的不是老虎，而是一块巨石！那长长的白羽箭，竟深深地射进石头中，拔也拔不出来。人们都被将军的功力惊呆了。

李广走过去一看，也很惊奇，坚硬的石头怎么能射进去呢？他自己也不相信这是真的。为了弄个究竟，他想再射几箭。于是他回到原来的地方，站好脚步，弯弓搭箭，使足了力气，又射了一箭。那箭嗖的一声直撞到石头上，迸发出一片火星，又飞到别处去了。李广仍不甘心，接连射了两箭，箭头都折断了，也没有射进石头里去。

当然，有这样一箭就已经够了。以后人们纷纷传说，李广的神箭能射穿石头。

民间传说篇

孟姜女哭长城

  秦朝时候,有个善良美丽的女子,名叫孟姜女。一天,她正在自家的院子里做家务,突然发现葡萄架下藏了一个人,吓了她一大跳,正要叫喊,只见那个人连连摆手,恳求道:"别喊别喊,救救我吧!我叫范喜良,是来逃难的。"原来这时秦始皇为了造长城,正到处抓人做劳工,已经饿死、累死了不知多少人!孟姜女把范喜良救了下来,见他知书达理、眉清目秀,对他产生了爱慕之情,而范喜良也喜欢上了孟姜女。他俩儿心心相印,征得了父母的同意后,就准备结为夫妻。

  成亲那天,孟家张灯结彩,宾客满堂,一派喜气洋洋的情景。眼看天快黑了,喝喜酒的人也都渐渐散了,新郎新娘正要入洞房,忽然只听见鸡飞狗叫,随后闯进来一队恶狠狠的官兵,不容分说,用铁链一锁,硬把范喜良抓到长城去做工了。好端端的喜事变成了一场空,孟姜女悲愤交加,日夜思念着丈夫。她想:我与其坐在家里干着急,还不如自己到长城去找他。对!就这么办!孟姜女立刻收拾收拾行装,上路了。

  一路上,也不知经历了多少风霜雨雪,跋涉过多少险山恶水,孟姜女没有喊过一声苦,没有掉过一滴泪。终于,凭着顽强的毅力,凭着对丈夫深深的爱,她到达了长城。这时的长城已经是由一个个工地组成的一道很长很长的城墙了,孟姜女一个工地一个工地地找过来,却始终不见丈夫的踪影。最后,她鼓起勇气,向一队正要上工的民工询问:"你们这儿有个范喜良吗?"民工说:"有这么个人,新来的。"孟姜女一听,甭提多开心了!她连忙再问:"他在哪儿呢?"民工说:"已经死了,尸首都已经填了城脚了!"

　　猛地听到这个噩耗,真好似晴天霹雳一般,孟姜女只觉眼前一黑,一阵心酸,大哭起来。整整哭了三天三夜,哭得天昏地暗,连天地都感动了。天越来越阴沉,风越来越猛烈,只听"哗啦"一声,一段长城被哭倒了,露出来的正是范喜良的尸首,孟姜女的眼泪滴在了他血肉模糊的脸上。她终于见到了自己心爱的丈夫,但他却再也看不到她了,因为他已经被残暴的秦始皇害死了。

民间传说篇

苏小妹三难秦观

苏小妹是苏东坡的胞妹，从小聪明伶俐，精通诗文，稍大些便与大哥苏轼戏耍。

小妹见东坡满嘴胡子，便吟道："口角几回无觅处，忽闻毛里有声传。"东坡见小妹额头凸起，便笑云："未出庭前三五步，额头先到画堂前。"小妹更不示弱，回道："去年一点相思泪，今日方流到腮边。"东坡见小妹笑他脸长，便嬉笑小妹双眼深陷，笑吟道："几回拭眼深难到，留却汪汪两道泉。"小妹笑着追扑哥哥。

不久，京城人都知苏小妹诗文超群，纷纷前来求亲。小妹看了许多呈文，都不如意，只见内中有一卷，文字超群，便提笔写道："今日聪明秀才，他年风流学士。可惜二苏同时，不然横行一世。"

父亲老泉看了女儿的题词，知道小妹已选中了秦观，便吩咐管家："秦观来时，请进府相见，其他求婚者都辞了吧！"

秦观于是登门拜访，老泉便给女儿订下了终身。秦观想要结婚时，小妹道："金榜题名时，便是完婚日。"

秦观一举高中，便来到苏府，与苏小妹拜了花堂。

宾客散后，秦观便要进新房。丫环拦住他说："奉小姐之命在此恭候，若三试俱中，方准进房。"秦观打开第一个试题，见上面写着："铜铁投洪冶，蝼蚁上粉墙。阴阳无二义，天地我中央。"他便写了四句诗，点出了"化缘道人"四个字。小妹接过丫环塞进的诗句，微笑道："二试。"丫环应声将试题递与秦观。并说："打四个古人名字。"秦观见上面写着："强爷胜祖有施为，凿壁偷光夜读书。缝线路中常忆母，老翁终日倚门间。"秦观略一思索，提笔写道：

"孙权、孔明、子思、太公望"。丫环又塞进门去,小妹笑道:"三试。"秦观接过试卷,见上面写着:"闭门推出窗前月"七个大字,便觉很容易对下联。可是仔细一构思,又心慌起来。这时更夫已敲三更。他依着花园的一口大水缸,不住地吟咏:"闭门推出窗前月。"苏东坡远远地咳嗽一声,将一块砖头投入缸中,水花溅到秦观的脸上。他立刻领悟其意,于是提笔对道:"投石冲开水中天,"

丫环又递进试卷,只听门"吱呀"一声开了。小妹敬上三杯酒,夫妻饮罢,便拥入红绡帐中。

湘妃竹的传说

湖南省九嶷山一带，生长着一种竹子，竹竿儿油光闪亮的，上面布满密密麻麻像眼泪一样的斑点，有紫色的，有雪白的，还有血红血红的，真是好看。这种竹子叫"斑竹"，又叫"湘妃竹"。

相传尧舜的时候，九嶷山有九条恶龙，住在九座岩洞里，经常到湘江来戏水作乐，弄得洪水暴涨，庄稼被冲毁，房屋被冲塌，老百姓叫苦连天。舜帝关心百姓的疾苦，他得知恶龙兴妖为害的消息，饭吃不下，觉睡不安，一心要到南方去帮助百姓除灭恶龙。

舜帝的两个妃子——娥皇和女英，是尧帝的两个女儿。她们虽然出身皇家，又是帝妃，但她们也和舜帝一样，并不贪图舒适的生活，总是关心着老百姓的疾苦。她们对舜帝远离家门去南方，虽然依依不舍，但是想到为了给千千万万百姓解除灾难和痛苦，她们还是高高兴兴地送走了舜帝。

舜帝走了，两位妃子等待着他征服恶龙的喜讯，盼望他早日胜利归来。一年又一年过去了，燕子来去了几回，花儿开谢了几度，都不见舜帝归来。她们担心了。娥皇说："莫非舜帝被恶龙伤害？或是病倒在异乡？"女英说："莫非他在途中碰上什么凶险？或是山遥路远迷失了方向？"她们想，与其待在家里久久得不到音讯，不如前去寻找。于是，她们迎着风霜，跋山涉水，到南方去寻找丈夫。

她们来到九嶷山，沿着大紫荆河到了山顶，又沿着小紫荆河下来，寻遍了九嶷山的每个山村，踏遍了九嶷山的每条小路。一天，她们来到了一个三块大石头耸立，名叫三峰石的地方。这里翠竹围绕，有一座珍珠贝壳垒成的高大的坟墓。她们感到惊异：是谁的坟墓这样壮观美丽？三块石头为什么这样险峻地拔地而起？住在坟墓附近的乡亲说："这珍珠垒成的坟墓便是舜帝的坟墓。舜帝从遥远的北方来到这里，帮助老百姓斩除了九条恶龙，使人民得到安乐的生活，他却受苦受累病死在这里了。"原来，舜帝去世以后，乡亲们感激舜帝的恩情，特地为他修了一座高大的坟墓。九嶷山上的一群仙鹤也被感动了，它们到南海衔来一颗颗灿烂的珍珠，撒在舜帝的坟墓上，便成了这座墓。三块巨石，是舜帝除灭恶龙用的三齿耙插在地上变成的。两位妃子悲痛极了，抱头痛哭起来。她们万分悲痛，一直哭了三天三夜。她们把眼睛哭肿了，嗓子哭哑了。眼泪流干了，最后也死在这里。

　　娥皇和女英的眼泪，洒在九嶷山的竹子上，竹竿上便呈现出点点泪斑，这便是"湘妃竹"。有的竹子上像印有指纹，传说是两位妃子在竹子上抹眼泪印上的；有的竹子上有鲜红鲜红的血斑，传说是两位妃子眼中流出来的血泪染成的。

民间传说篇

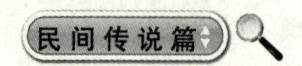

一品老百姓

　　早年，襄河镇出了个品格奇特、胸怀磊落的人，叫吴敬梓。因为他是读书人，襄河湾一带，不分男女老幼都亲昵地称他大先生。吴敬梓家上代是做官的，他是地地道道的官宦后代、富家子弟。可他却没有一点富人的阔架子，经常到农家来串坐。

　　这样，他就遭到那些财主、做官的鄙视，有的说他是"黄鼠狼不走大路——专钻水沟眼"；有的骂他不是书香子弟，是"冬水田里栽麦——怪栽（哉）"！

　　这些话传到大先生耳朵里，他毫不在意，反而高兴地说："我是怪栽，与你们不同有啥不好？农夫是一品老百姓，我能和他们交朋友挺光彩。没有泥腿，饿煞白腿！"

　　不久，发生了一件事：襄河边上一家姓尹的男子死了。丢下一个寡妇和4岁的男孩。他大哥是个乡绅，蛮横粗暴。老二一死，他就带着儿子、家丁，气势汹汹地来抢占财产。孀妇不同意，就是不走。

　　尹乡绅大声说："告诉你，小老婆养的儿子不顶事。早在老二未死时，我的儿子就过继给他了。你现在快走，走迟了，打断腿可别怪我！"

　　孀妇哭着和他说理，尹乡绅不听。最后，他索性叫家丁把孤儿寡妇拖到堆柴火的棚里。

　　那妇人呼天抢地哭喊着，围着看的人一大堆，可是没有一个人敢上去论理。

　　这天，吴敬梓走到这儿。他抄着手挤进人群，一打听是这么回事,就冒火啦!走上前对孀妇说:"大嫂,你别哭,你到县衙去告你那个蛮横无理的大伯子。"

"我不会写状子。"

"我来替你写。走,到我家里去,我给你写。"

说罢,大先生提起袍子走在前面,那妇人忍着眼泪,就跟他上了襄河镇到了家里,大先生就给她写了一张状子。

那妇人拿着状子,上了全椒县的大堂。县大爷接过状子一看,发愣了。原来,状子上只写着四句话:

孀庶多苦楚,

岂能无屋住?

报与父母官,

给她一生路!

下面署名"一品老百姓"。

知县问明了情况,晓得大先生干预了此事。本来,他私收了尹乡绅的贿赂,想包庇尹乡绅。

但是想到大先生笔下功夫了得,如果把他这事张扬出去,他就不好混。只得把房子判给了孀妇。

孀妇住进自己的房子,就带了一点霉干菜到襄河镇吴宅,看望大先生。谁知大先生已上南京去了。

尹乡绅听说大先生走了,又带着人把孤儿寡妇从房子里撵了出去。孀妇又到县衙去告状。知县把眼一瞪,说:"状子拿来!"

孀妇说:"上次给你了!"

一提起上次状子,知县气不打一处来,大声吼道:"胡扯,给我赶出去!"

孀妇被赶出衙门,回去只得又住到草棚里。谁知"苦人无好命",没几个月,小孩生天花,没钱请医治疗,夭折了!凶狠的尹乡绅连草棚子也不让她住,把她赶了出去。

三年后,大先生回来一趟。特地到襄河湾来看看那孀妇。可是哪里去找呢?也许她早已路死路埋了。

听着邻居说了这些情况，大先生气得连连地说："太不像话了，太不像话了！"

他一直记着这事。后来，他写《儒林外史》时，便把这件事写进书里，痛快淋漓地揭露了封建制度吃人的罪恶。

民间传说篇

郑板桥审石头

　　郑板桥，江苏兴化人，清乾隆进士，擅长书画，精通诗文，曾任山东范县（今属河南）、潍县知县。他为官清廉，体察民情，抑恶扬善，深受百姓爱戴，在民间留下了不少轶闻。

　　一天，郑板桥外出，见一位老妇人坐在地上痛哭，周围还围着一些人看。

　　原来，这老妇人攒了一篮子鸡蛋，舍不得吃，想拿到集上换些粮食度日。不想路上被石头绊倒，一篮子鸡蛋全摔破了。老妇人守着一摊烂鸡蛋哭得非常伤心。这个凄惨场面触动了郑板桥，他令衙役拿出绳索将绊人的石头绑住，连同老妇人一并带到县衙。

　　众人见郑板桥绑了块石头，还要带到县衙审问，都觉得稀奇，纷纷跟去看热闹。等来到县衙时，人已挤满了一院子。

　　郑板桥端坐大堂，衙役们侍立两边，老妇人跪在一旁。郑板桥喝令带顽石，两个衙役把绑着的石头提了上来。郑板桥又令人把院门关上。众人都有些害怕，猜不透县老爷葫芦里究竟卖的是什么药。

　　郑板桥详细询问了老妇人的家庭境况，又问了摔倒的经过，然后高声对众人说："恻隐之心，人皆有之。大家都看到了，听到了，这老妇人家中生活十分贫苦，靠一篮子鸡蛋换粮度日，谁知全摔烂了。一人帮百人难，百人帮一人易。现将她的篮子放在门口，请诸位发发善心，出门时往篮子里放几文钱，帮一帮这位老妇人。"

　　众人非常理解郑板桥的良苦用心，出门时纷纷解囊，或三文，或五文。人走完了，篮子里的钱足有十吊。

　　郑板桥见人们都走了，喝令退堂，让老妇人挎着篮子回家。

民间传说篇

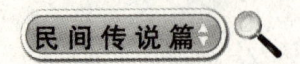

诸葛亮招亲

诸葛亮十七八岁的时候，隐居在南阳卧龙岗。在那里搭了个茅庵，一边开荒种地，一边发奋读书。

卧龙岗下住着一个黄员外，名叫黄承彦。他见诸葛亮聪明正直，十分喜爱，经常去看望他。诸葛亮看黄员外很有学问，也特别尊敬，时常向他请教，并请他批改文章。

时间长了，黄员外想把女儿许配给诸葛亮，便央人说媒。诸葛亮听说黄小姐长得丑陋，没有爽快应允，也不好直接拒绝，这门亲事就不热不凉地搁下了。

以后，黄员外还照常到岗上来，但两人只谈学问，不提婚事。一天，黄员外说："我常来找你，你怎么不到我家去呀？"诸葛亮说："失礼了，改日登门拜访。"

过了几天，诸葛亮果真找上了门。他向家人报了姓名，家人说："员外吩咐过，说诸葛相公来了，不用通禀。请进吧。"

诸葛亮往里走，第二道大门紧闭着。他轻轻敲了两下，门"吱呀"一声开了。待他进入门内，又自动关上。诸葛亮好生奇怪，正想看个究竟，忽听"呜"的一声，窜出两只狗来。一只浑身墨黑，一只雪一样白，汪汪叫着，朝他身上扑来。诸葛亮想退出去，却拉不开门，两只狗扑上扑下，急得他左拦右挡。

这时，从里边跑过来一个丫环，照狗的脑门上拍了一下，两只狗立时蹲在地上不动了。丫环又拧了下两只狗的耳朵，它们就跑回花坛后面去了。诸葛亮觉得稀奇，跟过去一看，原来是木头做的，外面缝着狗皮。他忙问丫环这是谁做的，丫环笑着跑了。

诸葛亮再往里走,刚进第三道门,忽然出来两只老虎吼着向他扑来。诸葛亮想,这八成也是假的!他不慌不忙照着老虎的脑门上拍了一下。哪知不拍还好,一拍却更厉害了。两只老虎直竖竖地站了起来,前腿扒着他的肩膀,张开了血盆大口,正想咬他。

诸葛亮被两只虎死死抓住不放,正没法儿,那丫环跑了过来,说:"你这个人真是自作聪明,拿对付狗的办法来对付老虎,行吗?"说着,拍拍老虎屁股,那老虎乖乖地各回原地趴下了。

诸葛亮怪不好意思,叹口气说:"你们这深宅大院,可真难进,请带我进去吧!"丫环说:"对不起,我正忙着磨面呢!"诸葛亮一看,廊房里真有一盘磨,一头木驴拉着转圈儿跑。他看傻了眼,叹道:"哎呀,只知黄老先生的学问大,不知他还会弄这些巧东西!"丫环听罢,笑着说:"老爷才不管这些哩!"诸葛亮连忙追问:"不是员外,又是哪个能人?"丫环说:"进去吧,你会知道的。"

诸葛亮想,进一道门,碰上一个新玩意儿,都要麻烦一阵子,这可如何是好?他正在犹豫,里面又一道门开了,走出一位姑娘。这姑娘高高的个儿,行动潇洒利落,举止端庄大方。只是脸庞稍黑,有几个麻子。她来到廊前对着丫环问道:"这是哪里来的客人?"没等丫环回话,诸葛亮连忙躬身答道:"卧龙岗诸葛亮,拜见黄老先生来了!"姑娘听罢,说了声"请!"转身先进了门。丫环见诸葛亮还在愣怔着想什么,催促道:"跟着进去呀!见哪道门开着,只管进;她会把各种'消息儿'拧死,再也不会有啥东西吓唬你了。"诸葛亮这才慢腾腾地往里走。转了几个弯,又进了几道门,终于来到了一座楼前。黄承彦迎了出来。

黄承彦把诸葛亮引到楼上。刚坐下,诸葛亮急于想了解那些东西是谁发明的,就说:"见到先生实在不容易呀!"接着就一五一十地把经过的事讲了一遍。黄承彦一听,哈哈大笑,说:"我那丑闺女,好事得很!搞那些玩意儿,让你受惊了,实在不恭啊!"诸葛亮听员外这一说,脸刷地红了,不由得抱怨起自己来:诸葛

亮啊,诸葛亮,你好糊涂!员外提亲,你还嫌人家长得丑;像这样才华非凡的人,哪里去寻?想到这里便脱口说道:"小姐才智超人,万分敬仰!"黄承彦说:"小女丑得很哪!托人提亲,人家还……"诸葛亮不等员外把话说完,慌忙施礼说:"晚生今天特来拜见岳丈大人!"说着,跪下就磕头。黄承彦笑哈哈地连忙把门婿扶了起来。

后来,诸葛亮和黄小姐成了婚,二人互助互学,相亲相爱。

民间传说篇

粽子和龙船

屈原投江以后，楚国的人民对他非常痛惜怀念。为了悼念这位伟大的爱国诗人，每逢端午节那天，大家都驾着船，带着饭，划到汨罗江中流，把饭投入江里来祭祀屈原。

这样过去了一两年。一天晚上，他们忽然梦见屈原来了：他头上戴着高高的切云冠，腰间挂着一柄长长的宝剑，身上还佩戴着一些珍珠和美玉，脸上的神情显得高亢而又带有几分忧戚。大家都很高兴，一一向他行礼。

屈原笑着赶上来，对大家说："乡亲们，你们对我的好意，非常感谢。从你们的行动可以看出我们楚国人民都是爱国的，也都是爱憎分明、坚持正义的。"

大家见屈原很消瘦，就关心地问他："三闾大夫，我们给您的米饭，您都吃到了没有？"

"谢谢你们！"屈原感激地说，可是，接着又叹了一口气："你们送给我的米饭，都被那些鱼虾龟蚌等水族吃了。"

大家听了都很气愤，说："不能让它们吃呀！"

屈原苦笑了一下："我总不好和它们争着吃啊！"

大家就问："要怎样才不至于被水族吃掉呢？"

屈原说："如果你们用淡竹叶包饭，做成有尖角的角黍（粽子），水族见了，以为是菱角，它们就不敢吃了。"

第二年端午节，人们就照着这样做了。可是，在端午节过后，屈原又给人们托了一个梦，说："谢谢你们送给我的角黍，我吃到了一些；可是，还有不少仍然被水族吃了。"

人们又问他:"那还有什么办法呢?"

屈原说:"有,你们在用船送角黍的时候,可以把船装扮成龙的样子。因为一切水族都属龙王管辖,它们看见是龙王送来的,就一个也不敢吃了。"

以后,人们一年一年就照着这样去做。于是,就留下了端午节吃粽子、划龙船的风俗。

第三章

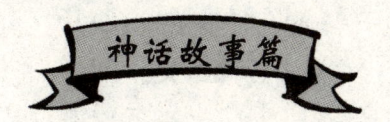

神话故事篇

神话故事是从远古时代起就在人们口头流传的一种题材广泛的虚幻故事。它们以奇异的语言和象征的形式讲述人类与神鬼之间的无限联想，往往包含着超自然的、异想天开的成分。经过人们不断地口口相传，神话故事在世间得以广为流传，进而表达着人们对美好生活的期望。

神话故事篇

八仙过海

有一年,王母娘娘举办生日宴会,各路神仙为拍马屁纷纷带上重礼前去祝寿。八仙由于刚到天庭,对情况还不太熟悉,他们也参加了王母娘娘的生日宴会,想乘机结识一些朋友。

这场寿宴好不热闹:奇花异草香气扑鼻,琼浆仙果摆满瑶台,仙女起舞仙乐相随,众仙畅饮笑语不绝。八仙兴致特高,韩湘子唱到兴头,操起仙笛奏了一曲;蓝采和也手执拍板,当堂踏歌起舞。加之仙酒似玉液琼浆,不能常常喝到,八仙便个个放开了海量。待宴会结束时,八仙都已略带醉意。他们告别了东家,驾起祥云,飘飘荡荡回瀛洲住地,一路说说笑笑,意犹未尽。他们路过东海边上,只见东海浩浩荡荡,一望无际,顿时情绪高涨起来。

吕洞宾说:"久闻东海广阔,蜃气楼台时常出现。今日趁此余兴,咱们一起游海观景如何?"铁拐李说:"不错,不错,正合吾意。"汉钟离说:"好,平日大家游走江湖,难得相聚。这次共游东海,日后也留个念想。"吕洞宾望着浪涛汹涌的东海说:"乘云过海不算本事,咱们各借一物,踏浪而过,方能显出仙家超凡之处,也正好给东海龙王看个明白。"话音未落,铁拐李已经将拐杖扔进海里。只见他"腾"地一跳,稳稳地站在仙杖上,立时,拐杖如同离弦之箭,穿涛破浪而去。汉钟离也把手中的蒲扇放在水中,双腿盘坐在上面,忽飞浪尖、忽落涛谷,紧跟着追了上去。张果老从兜里摸出白纸驴,倒骑在上边,喊一声"嘚儿驾",凌空扬起一鞭,瘸腿驴便昂首奋蹄,踩波踏浪,如履平地。

068 故事阅读

吕洞宾赶紧抽出宝剑放入海中，宝剑的锋刃顿时在惊涛之中分出一条水路，吕洞宾手持拂尘悠然而行。何仙姑手提花篮，不断地将篮中的仙花撒向海中，那花篮中的花久取不尽，于是龙女鲤姑们纷纷跃出水面争抢，簇拥起何仙姑在水中行。韩湘子拿起箫管，轻轻吹曲而行。仙曲婉转悠扬，娓娓动听，鳖臣龟相听得入迷，个个摇头晃脑地让韩湘子站在龟背鳖甲上，紧随其后。曹国舅脚踩玉笏如乘龙舟，飞速挺进。蓝采和不紧不慢，小心翼翼地端放璀璨玉板。那玉板凝天地之灵气，集日月之精华，须臾间光华四溢，直射海底，将龙宫照得白晃晃的。玉板溅起海水，震得水晶宫瑟瑟摇曳。

正在饮酒寻欢的东海龙王，不知海上来了什么东西，忙差巡海夜叉四面探查。巡海夜叉回报龙王说："八洞神仙正在海上各显神通。"龙王闻奏勃然大怒道："真是胆大包天！不过几个艺民俚夫。得了点仙道拙术，就敢如此放肆骚扰龙宫。"说罢，便将头一扭，显出原形，张开血盆大口，蹿出海面，一口衔住蓝采和的玉板，潜入海底。

蓝采和丢失了无价之宝，心里很不痛快，众仙也都互相抱怨起来，张果老说："本来就不该酒后逞能，这下可好，惹出祸来了吧！"汉钟离对吕洞宾说："这是你出的点子，玉板丢了，应该由你去找。"铁拐李性子急，嚷道："这点小事，不必烦恼，让我去找龙王算账去！"说罢，脚一蹬来到龙宫门前，破口大骂："我乃上仙铁拐李，龙王老贼，竟敢在光天化日之下抢劫玉板，若不快快交出，我定烧干你的东海！"

龙王得了宝物，只顾饮酒庆贺，仰天笑道："小小草芥游医，连瘸腿还未治愈，便来水府圣地口出狂言，真是不自量力！"铁拐李一听便火冒三丈，二话没说，将杖拐掷入海中，变成万条火龙，口喷熊熊火焰，龙宫顿时一片火海。虾兵蟹将见状，个个惊慌失措，抱头鼠窜，四处逃奔。

众仙尾随而去，奋力作战，大显神威。吕洞宾拿拂尘往海里一

蘸，朝空中一扬，海水顷刻少了许多。何仙姑也用花篮来舀海水，可也怪，这花篮提水竟点滴不漏。她把花篮往起一提，海水立刻又少了许多。老龙王眼看招架不住，为了保住东海，只好乖乖地捧出玉板，还给蓝采和，八仙这才罢手。铁拐李得意扬扬地收回了拐杖，吕洞宾用拂尘把火熄灭，何仙姑也将花篮中的海水倒出，东海便又荡起了万顷碧波。这就是"八仙过海，各显神通"的故事。

神话故事篇

白 蛇 传

杭州西子湖风光秀美，留下了许多美丽的传说。我们今天要说的白蛇和许仙的故事，就是发生在西子湖畔的一段美丽而凄婉的爱情。

春日的西子湖总是多雨。一天，淅淅沥沥的雨中，一个书生模样的年轻人忙不迭地找地方躲雨。他匆匆忙忙向石桥跑去，想到湖上的亭子里避雨。

"这位公子，下这么大的雨也不带雨具呀？你是避雨呢，还是赏雨呀？"遮头掩面的年轻人猛不防被人挡在石桥上。抬头一看，一白衣一青衣的两位女子站在桥上，有点打趣地笑着问他。"小生匆忙出门，未看天气，遇上了这倒霉的雨。"年轻人一看是两位大姑娘，不好意思地低下了头。"我们让给你一把伞，等雨停了再还。"青衣姑娘快嘴说道。

三人持伞走到亭下避雨。年轻人偷眼打量了一下这两位姑娘。穿白衣的看样子是主人，一袭白衣衬着白里透红的脸，生得端庄妩媚，穿青衣的一看就是个聪明伶俐的小丫环。年轻人不觉得看呆了。他打量的目光正好与白衣姑娘投向他的目光相遇，二人脸一红，赶紧转过了头。青衣姑娘看在眼里，笑在脸上，她大方地问年轻人："公子怎么称呼？"

年轻人忙施一礼答道："小生姓许，名仙。""是许公子呀！我这厢有礼了。"青衣姑娘道个福，又问道："许公子是读书人吧。""小生读过几年书，现在在药铺当学徒。"年轻人恭敬地答道。"公子没成家吧？"青衣姑娘笑嘻嘻地问。

年轻人脸又一红，嗫嚅答道："小生尚未成家。"

"哈哈，怪不得两眼直瞅我家小姐，莫非公子对我家小姐有意不成？"青衣姑娘的话让年轻人窘迫至极，无话可说。"公子，我看你与我家小姐挺般配，也挺有缘的，你们一个未娶，一个未嫁，你有情我有意，我给你们撮合撮合，怎么样？"年轻人更是窘得不知所措。青衣姑娘嘴不饶人又说道："怎么？是嫌我家小姐相貌丑陋，还是家中父母已为你定亲？""不不不！姑娘误会了，小生父母早亡，怎敢嫌弃小姐，只是……只是……小生怕配不上。"年轻人急得满脸通红。"公子此言差矣。我看你们是天赐姻缘。你是药铺学徒，我家小姐是医药世家。你无双亲，我家老爷太太也早过世了，你们真是门当户对呀！"年轻人又是喜又是羞，半晌才吐出一句："只要小姐不嫌弃，我……我……"青衣姑娘"扑哧"笑了："忘了介绍了，我家小姐姓白名素贞，我叫小青。"

雨停了。雨后的西子湖更是清新秀丽，宛如一个刚刚沐浴完毕的少女。

许仙与白素贞在小青的主持下，拜堂成亲了。白素贞用自己的积蓄购置了几间房，开了一个名叫保和堂的药铺。许仙从原来那家药铺辞了工，变成了"保和堂"的掌柜了。许仙与白素贞夫妻恩爱，小青勤快聪明，一家人的日子过得和美甜蜜。

一日，许仙外出采药、小青对白素贞打趣道："姐姐，你俩真是有缘分呐。前世恩人，后世夫妻呀！""过两天给你找个婆家，把你也嫁出去。"白素贞嗔笑着说。小青一紧张，止住了白素贞的话："嘘——我还没修炼成形呐。再说了，我也没有前世恩人，也不会有这种凡心。"

原来，这一白一青两位女子是一白一青两个蛇精修炼成的。五百年前的一天，白蛇精化作一条小白蛇外出游玩，不慎被一个捕蛇人捕到。就在捕蛇人乐呵呵地往篓中装蛇时，一个小牧童对捕蛇人说："大伯，你放了它吧，你看它伤心得在流眼泪。""傻小子，最毒不过蛇，它哪会流泪呀。再说了，放了它我吃什么喝什么？"捕蛇人毫不怜悯地说。"大伯，我知道山上有长灵芝的地方，你放了它，我告诉你。"捕蛇人想了想，答应了。

侥幸逃脱的白蛇藏在山中又修炼了五百年，终于修成人形。她四处查访当年救自己的小牧童。寻访途中，一条修炼了五百年的青蛇企图夺她的修炼成果，被她打得跪地求饶。在白蛇的点化下，青蛇也能变成人形，但道行远不如白蛇精深。二蛇结伴同行，主仆相称，终于在西湖畔上找到了小牧童转了几世的人——许仙。

白素贞和小青与许仙处得极为融洽，许仙丝毫不怀疑二人的身份。许仙与白蛇婚后没几个月，西子湖畔闹起了瘟疫。许仙和白蛇上山采回许多草药，在保和堂前架起大锅，免费为百姓煎药治病。白蛇配的药真有效，没几天，喝过药的人病情都好转了。保和堂的名声一下在杭州城人人皆知，前来问病求药的人络绎不绝。

"保和堂"的生意红火了，金山寺的香火自然就冷清了。金山寺在杭州也算一名刹，那里的住持法海禅师颇有些法术，远近闻名。原来人们有病有痛，都到金山寺烧香拜佛，现在都跑到保和堂了。金山寺的住持法海禅师掐指一算，知道了白蛇青蛇的来历，他恨得把牙咬得"吱吱"响，大如铜铃的两眼射出了两道寒光。他暗自盘算着除掉白蛇、青蛇的招术。

转眼，端午节快到了。杭州城的百姓纷纷到金山寺化符避邪，并且在门口燃起了艾草。道行不深的小青整日烦躁不安，已有六个月身孕的白蛇也隐隐不舒服。端午这天，家家都要喝雄黄酒避虫驱邪。天不亮，白蛇便打发小青上山避难，自己则留在药铺应付场面。时已过午，许仙兴冲冲地提着一罐雄黄酒回来，嚷道："娘子，我排了一上午队才在金山寺求来这罐上好的雄黄酒。来来来，今天中午咱们好好地喝几杯，近来你也累坏了。小青呢？"打开盖的雄黄酒直冲白蛇的鼻子，白蛇的胃有点翻腾，她强作笑脸说："铺里缺草药，我让小青上山采药去了。这酒你自己喝吧，我怕喝了对肚里的孩子不好。"许仙硬拉白蛇坐下，说："法海禅师说，他配制的雄黄酒除了蛇精喝不成外，人喝了一点事也没有。娘子，你又不是蛇精，怎

么就不能喝呢?"白蛇一听许仙的话,吃了一惊,但佯装镇静地问道:"法海禅师还跟你说了些什么?"

许仙支支吾吾地说:"没……没说什么,没说什么。娘子,你喝一杯证明给他瞧瞧。"

白蛇明白了,这是法海的招术。她颤抖着端起雄黄酒,抿了一口。霎时,她觉得肚中翻江倒海似的翻动起来。她拼命用法力抵制着雄黄酒的发作。许仙见白蛇喝了雄黄酒,高兴地说:"我说娘子是好人就是好人,老和尚的话不可信。"

白蛇勉强支撑着,苦笑着说:"有时候恩爱夫妻也会遭天妒的"白蛇硬撑着吃完了饭。她心如刀绞,头重脚轻,许仙见她面色苍白,四肢抖个不停,忙扶她躺下。白蛇气喘吁吁地说:"我本来就不胜酒力,加上连日忙碌,又有身孕,觉得很累,想好好休息一下。相公,小青不在,你就到前面看铺子吧,说不准有人来抓药问病什么的。"

许仙下楼了,白蛇两眼一黑,什么也不知道了。不知过了多久,白蛇才睁开眼睛、此时天色已晚,屋内黑暗、寂静。"小青!相公!"白蛇翻身下床,没人应答,她又喊道:"相公!相公!"她脚下触到一团东西,低头细看,许仙直挺挺地躺在地上,一试鼻息,没有一丝热气。白蛇不禁大放悲声:"相公啊你醒醒,你醒醒呀!都是我害了你呀!相公——"

"姐姐!姐姐!"小青从外而回来了。她一见许仙躺在地上,着急地问:"姐姐,怎么了?"白蛇边哭边说:"一定是我喝了雄黄酒,现了原形,把相公吓死了。相公呀,你为什么要听信老法海的话呀。"

"姐姐,别哭了,哭没用。我们得想想办法。"听了小青的话,白蛇止住了悲声,她镇定一下说:"相公断气还没过十二个时辰,还有救。小青,你看好相公的尸体,我去南极仙翁那里盗仙草。""姐姐,太危险了,你不能去!"

白蛇不顾小青的劝阻,冲出了房门。

白蛇使出浑身法力，向峨眉山飞去。跨过条条大河，越过重重大山，穿过层层云障，她飞到了峨眉山顶。白蛇化作一条小蛇，蹿到仙草丛中，趁护草的白鹤童子与花鹿童子不注意，迅速咬下两株仙草，"嗖嗖"向家里返去。

"大胆妖孽，竟敢偷盗仙草！"两位童子听到动静一齐向白蛇扑去。他们两个一个天上，一个地下，一起拦截白蛇。白蛇左躲右闪，避开白鹤的尖喙、花鹿的利角。白蛇一心救人，不敢恋战，仓皇逃窜，但两个童子岂能让她顺利逃掉。"童儿，住手！"就在它们三个斗得不可开交之际，南极仙翁出现了。

白蛇也变成了人形，她"扑通"跪在南极仙翁脚下哀求道："请仙翁网开一面，让我先去救我的相公。救活了我相公，任仙翁怎么处置我都行。"南极仙翁问道："白蛇，你是蛇精，怎么敢与凡人匹配呢？"

"白蛇虽为异类，但也知恩图报。相公前世有恩于我，我应该报答于他。我白蛇苦心修炼千年，不求别的，只求在人世上像模像样地活一回。我与相公夫妻恩爱，如今我已身怀六甲。我一不害人，二不杀生，只求与相公白头到老。可恨老法海设计让我现形，吓死了我家相公。仙翁，求你让我回去救我相公吧。"

南极仙翁听了白蛇一番哭诉，叹道："唉！连神仙都羡慕人间生活，何况你呢？我也听说了你在杭州行医积德的事。我不为难你，拿了这仙草，你回去吧！"

白蛇飞回家，撬开许仙的牙关，将用仙草煎好的药倒入他口中。不久，许仙缓缓睁开了眼。白蛇又悲又喜，眼泪"啪啪"地掉在了许仙脸上。

"蛇！大蛇！"许仙一看见眼前的白蛇，惊恐地喊道，还不住地往墙角里缩。

"相公，你说的那条大蛇我早看见了，它就爬在咱家房梁上，你看！"白蛇好言好语地对许仙解释。许仙顺着白蛇的手指，果然看见房梁上绕着一条大蛇，和前日在床上看到的差不多。

小青也赔着笑脸说："你真胆小。你没听老人说过吗？蛇是钱串子，蛇进家门，金银满盆。大蛇翻窗，珠宝满箱。我看呀，咱们的铺子一定会更火的。"

许仙听了，再看看白素贞，一脸的妩媚、又有些委屈的样子，点点头，心中的疑虑全消了，他歉疚地对白蛇说："娘子，让你为我担惊了。"

"相公，只要我们夫妻恩爱，这点惊吓算不了什么。"

许仙修养了几日，身体完全复元了。保和堂的生意也越来越红火了。

两个月后的一天，许仙上山采药的途中遇到了法海禅师。法海一见许仙便大声说道："施主印堂发暗，恐怕大难将至。""禅师言重了，我一家和睦，生意兴隆，哪有什么灾难。"许仙毫不在意地说。"施主如不及早破解，恐怕会殃及家人亲朋。施主不如跟我上山，斋戒三日，我再为施主画道符，这灾难就破解。"许仙半信半疑跟法海上了金山寺。三日后，许仙急着下山，法海却对他说："施主与妖孽为伍，罪孽深重，还是入我佛门赎罪吧。"许仙说什么也不肯，法海索性命人将他看管了起来。

白蛇与小青见许仙一走数日不归，心急如焚。第五天一大早，一个小和尚来到保和堂对白蛇说："许施主不屑与妖孽为伍，已拜我法海禅师为师，剃度入佛门，闭门思过了。许施主派小僧前来转告二位，他已心灰意冷，不愿再下山了，请二位不要去打扰他。"

小和尚走后，小青气得大骂起来："好个不知好歹的许仙，全不顾姐姐对他一片诚心，却去听法海那老贼的挑拨。哼！这个无情无义的东西。""小青，我相信相公不会这样做的，一定是法海那个老秃驴搞得鬼。相公说不准此时正在吃苦受罪呢。走，我们去救他。"白蛇说完便走出了药铺。小青跟在后面不停地喊："姐姐，你的身体！你的身子要紧啊。"白蛇一言不发，头也不回地向山上走去。

金山寺高高地耸立在山顶，山下三面是水，只有一条曲曲折折的小路通往山上。白蛇与小青来到金山寺门前，法海早已手持禅杖站在寺门口等待了。白蛇强压怒火，客客气气地对法海说道："禅师，我来寻夫，请你慈悲为怀，放许仙回家。我和腹中的孩子不胜感激。"

"蛇精，勾引凡夫俗子，还敢在佛门净地言及夫妻之情？你死了这条心吧。"法海恶狠狠地说道。

白蛇一听，怒火满腔，指着法海大骂道："你不也就是只蛤蟆精，欺小凌弱，把别人的修炼成果抢了自己用，早知如此，我当初应该一口吞了你。你以为你披上了袈裟就成佛了吗？你再怎样伪装，也不过是只恶心的癞蛤蟆。"

法海恼羞成怒，破着嗓子喊道："你休想带走许仙！"白蛇怒火中烧，她合手一拜，向天说道："龙师龟祖虾兄蟹弟，我白蛇与许仙真心相待，不欺天不压地，何罪之有！癞蛤蟆精竟然囚禁我夫，害我母子孤苦伶仃，请大家助我一臂之力吧。"

霎时，天上乌云翻滚，狂风大作，山下的水呼呼上涨。白蛇脱下一只鞋，扔到水中，水面立刻浮起一艘五彩船，白蛇与小青飞身跳到船上。船的四周立刻黑压压地围过无数虾蟹龟蛇，它们在白蛇的指挥下列成整齐的方队。水一个劲儿地往上涨，眼看要没山顶了，法海一见不妙，忙念咒施法，山也随着水一个劲儿地上涨。水渐渐地淹到了金山寺门口。虾蟹们一层层地叠起来，将金山寺围了个水泄不通。

法海慌了，忙逃回寺中对许仙说："许仙，蛇精要水淹杭州城了，金山寺毁了不要紧，城中百姓可遭殃了。这全都是因为你呀。你再不与蛇精断绝关系，杭州城可就尸横遍野了呀。"许仙从门缝里往外一看，吓坏了。扁担大的虾、磨盘大的蟹、房子大的龟张牙舞爪地向金山寺扑来。水中的船上，大腹便便的白蛇满脸焦虑与愤怒，她高声叫骂着让法海放许仙。许仙一见白蛇的样子既心疼又担心。

"许仙,水一漫过金山寺,山后的百姓就要遭殃了。"法海在后面阴森森地说道。许仙咬了咬牙,打开寺门出来了。他无可奈何地对白蛇与小青说:"你们回去吧。事到如今,我们的缘分已尽,我不想因我一人害整个杭州城的老百姓。"白蛇听了这番话,伤心欲绝,她哭着问许仙:"许仙,我白素贞哪点对不起你了?我虽是蛇精,但夫妻一场,我有害你之心、害人之意吗?"小青两眼圆睁,大骂道:"你这个无情无义的许仙,亏姐姐对你一片真心。你迟早会被那个蛤蟆精吞了。"许仙羞愧地低头不语。白蛇失望地对小青说:"算了,我们走吧。"说罢,围困金山寺的水便一下子退了。

白蛇奔到当初与许仙相遇的桥上泪如雨下。悲伤与劳累使她动了胎气,腹中阵阵绞痛。这时,偷偷溜下金山寺的许仙也来到了桥边。小青一见他,怒火中烧,挺剑向他刺去。许仙"扑通"一声跪在二人面前,痛哭流涕地说:"我是被逼无奈呀!请娘子和小青姑娘原谅我吧。"小青气得举剑怒斥道:"杀了你这个没心没肺的无耻之徒才解气。"白蛇挣扎着拉住了小青的手:"放过他吧!""姐姐,你心太软,让我杀了他。"白蛇腹痛难忍,拼命拦着小青的剑。

就在这时,法海突然出现在半空中,狞笑着说:"白蛇,青蛇,拿命来吧。"说完亮出了一个金光闪闪的金钵。

"小青,快走!"白蛇一把推开小青,自己却被金光罩住了。临产的白蛇在金光的笼罩下痛苦地缩成一团。随着一声婴儿的啼哭,白蛇被吸入了金钵,她的惨叫声回响在空中:"小青,为我报仇。许仙,养大孩子。""白蛇,你就待在雷峰塔下受罪去吧。"法海狂笑着把白蛇压在了雷峰塔下。小青看着白蛇的惨状,一咬牙向山中飞去。许仙抱起地上"哇哇"哭叫的男婴,仰天哭喊道:"娘子!娘子!""许仙,把孩子养大,只要心诚,我们夫妻终有团聚的一天。"空中传来白蛇虚弱的声音。

十八年后,新科状元回乡夸官。状元一到杭州城,便直奔雷峰塔。状元跪倒在地,泣不成声地说:"娘,儿来看你了。娘,你受苦了,请受儿一拜。"说完,"咚咚咚"在地上磕了三个响头。这一磕不要紧,雷峰塔剧烈地摇晃起来。

躲在金山寺的法海感应到雷峰塔要倒塌,匆忙走出寺门。刚出寺门,一个青影飞了过来。"法海,拿你老命来。"原来是修炼已成的小青。法海稍作镇定,说道:"又来送死。"小青轻蔑地一笑,说道:"你来送死吧!"一道青光直扑向法海,法海忙挥禅杖抵挡。"当!"禅杖飞了。他又举起金钵,只听远处的雷峰塔轰然倒下。他心里一惊,只见眼前一片青光,金光全被压了回来。法海暗叫不好,撒腿就跑。一直跑到海边,也没摆脱小青。海边一只海蟹正张着壳在晒太阳,法海一急,一头钻了进去,只留了个屁股在外。从此,法海就躲到死海蟹的空壳里苟且偷生。

夕阳西照的雷峰塔下,白蛇拥着许仙与儿子又哭又笑。历尽了无数磨难以后,他们终于团聚了、而小青呢,自然也修成正果,回到天界去了。

神话故事篇

嫦娥奔月

嫦娥原来是一个绝世无双的仙女。她羡慕神箭手羿的才能和勇气，便主动嫁给他做了老婆。羿被天帝派到人间诛邪除恶，嫦娥也随老公来到了凡间。

二人本是相亲相爱，只因羿射死了九个太阳——这九个太阳都是天帝的儿子——得罪了天帝，天帝便永远不准他夫妇二人重新上天庭享乐。这一来，使嫦娥深为不满，加上羿和河伯的娇妻宓妃搞起"婚外恋"，更加伤害了嫦娥的心。

羿从西王母那里讨得"不死之药"后，本打算与嫦娥一同分享，好长生不老不下地狱。不料嫦娥再也不愿在人间受苦，独自一人偷吃了全部仙药，吃完后居然轻飘飘地从窗口飞出，直飞到月亮上，成了月仙。

嫦娥到了月宫之后，大失所望。月宫里出奇的冷清，除了一只玉兔、一只蟾蜍、一棵桂树以外，一个人也没有。可是，后悔已经来不及了，她只是每天夜里含着泪回忆与丈夫在一起的恩爱生活，都怨自己私心作怪，独自升上天来，受此寂寞。难熬的漫漫长夜啊！当个孤独冷清的月仙，又有什么意思呢！

后来，一个名叫吴刚的人，因"学仙有过"，被罚到月宫来砍桂树。那五百丈高的桂树，是棵神树，任凭吴刚怎样用力，昼夜砍个不停，可是，砍开的口子随开随合。吴刚服的是永无止期的劳役，嫦娥反而为此高兴，因为这样一来，冷清的月宫里就有人跟她做伴了。

寒来暑往，又不知过了多少年。有一年的中秋节夜晚，唐朝的皇帝玄宗正在宫中赏月，一个叫罗公远的道士前来为玄宗助兴。玄宗问："你能让我到月宫去游览一番，亲睹嫦娥仙子的芳容吗？"道士说："请圣上闭上双眼。"

玄宗闭上双目后，那道士施用法力，将玄宗的魂魄勾出体外，来到了月宫之中。玄宗隐隐感到一阵桂花香味沁入鼻孔，心旷神怡。他走到月宫大门口，只见宫门上题着"广寒清虚"四个大字。再看广寒宫内，水晶为阶，使人如行镜中，仙山琼阁，引人入胜。嫦娥见有凡间客人前来，连忙拿出酥甜的仙饼让客人品尝，并让月宫中的玉兔为客人表演杂技嫦娥自己也轻歌曼舞，动听的乐曲给玄宗留下了深刻的印象。

等玄宗一"梦"醒来，回到现实之中，只见那道士正笑着问道："皇上，月宫一游何如？""妙极！妙极！"玄宗重赏了那道士之后。立即命乐师根据自己记下的舞曲，将它整理成优美动听的《霓裳羽衣曲》，时常在皇宫中演奏。并根据自己记忆中的在月宫中吃过的仙饼的形状、味道，让御厨仿造重制。命名为"月饼"。

从那时起，每到中秋节这天夜晚，人们都拿月饼来祭祀月仙嫦娥，此习俗一直流传至今天。

大禹治水

当帝尧在部落联盟作首领之时，大地之上，洪水泛滥，围住高山，漫过丘陵，给民众的生活带来了严重的困难。尧面对这种局势，感到十分忧心，便向天下求能治理洪水之人。群臣和四方部落的首领都向尧推荐鲧，说鲧可以治理洪水。尧却不这么认为，他说："鲧这个人，刚愎自用，不听命令，又和族人关系紧张，不适合担此重任。"但四方部落首领都坚持要鲧来干，说："我们比较过了，没有比鲧更贤明的人，您还是试试看。"尧不得已，听从了四方部落首领的话，派鲧去治水。可是，鲧领导治水九年，没有效果。因为他不顾五常之性，对顺势而下的水采取堵和埋的办法，哪里有水害，他就指挥在哪里竖起屏障，堵塞水流。结果越堵越糟，治水九年，水害仍然不断。

尧到晚年，求得了舜作为继承人。舜登基之后，摄行天子之政，到天下四方去巡行。他发现鲧治水多年，全无功效，因此大怒，命人把鲧杀死在羽山。又一种传说认为，鲧为治水，到天上去偷了天帝的一种叫"息壤"的东西到下界。"息壤"可以生长，如果哪里被水淹没，在那里放上一点，就会长出平地。天帝发现"息壤"被盗，大怒，下令殛鲧于羽山。鲧化为黄熊，入于羽渊。还有一种传说认为，鲧在治理洪水之时，听从了鸱龟的计划，使人相曳、相连接筑堤坝以挡洪水，因而遭到失败。而鲧被殛于羽山而死之后，尸体三年不腐，用吴刀将其肚子剖开，禹便从鲧腹中诞生出来，这就是"鲧腹生禹"。

鲧治水失败被杀之后，舜帝更求治理洪水之人。四方部落首领又共同推荐鲧的儿子禹。舜不避前嫌同意了，让禹继承父亲的事业，并勉励禹说："如平水土，维是勉之"。禹拜首，接受了这个重任。舜同时命契、后稷、皋陶诸人帮助禹去治水。

禹为人憨直而不强硬，仁而可亲，言而有信。他以身作则，勤勤恳恳，有章有节，深得民众拥戴。

禹受命治水之后，立刻和协助他的伯益、后稷等人告诉诸侯们，让他们发动民众，动手治水。自己又爬山越岭，对山川形势反复观察测量，把天下的高山大川进行分类，并立下木桩作为标记。禹为父亲鲧治水不成被杀而感到伤心，因而治水之时，劳身费神，备尝辛苦。他在外治水十三年，三过家门而不敢入。他自己节衣缩食，十分朴素勤俭，住在简陋低矮的茅房之中，把大部分的费用都用于开辟引水的沟洫。在陆地上奔忙时坐车，在水中巡视时乘船。遇到泥沼，就乘木板橇。他一切都按规矩办事，顺从天地四时之宜。他吸取了鲧治水失败的教训，而改用疏导的办法，"掘地而注之海"，开辟引水河道，把水引到海里去。他"左准绳，右规矩"，量度山川湖海，率民众"开九州，通九道，陂九泽，度九山"，终于控制住了洪水。

在洪水消退、田野重现之后，禹又让益发给百姓稻种，让他们在潮湿的地方种植；让后稷发给百姓难得的食物。食物不够，就在诸侯之间均调有余以补不足。他又走遍天下，相地之所宜，规定各方土贡。自冀州始，划天下为九州。"东渐于海，西被于流沙，朔、南暨，声教迄于四海。"于是，帝舜赐禹以玄圭，以告成功于天下，天下大治。禹治水取得了完全的成功。而禹也因治水之功，受到了天下百姓的拥戴。在帝舜之后，被推举为部落首领。

洪荒时期的大禹治水之传说，实际上是远古时代人类和自然界作艰苦斗争的反映。在使用耒、耜等木石工具的原始社会，生产力极度低下，任何大一点的自然灾害都是他们难以应付的。有关洪水泛滥的神话，必然是远古时期的水灾给古人留下的深刻而长久的记忆。与洪水的斗争，正是远古时期，人类筚路蓝缕、开拓世界，创造文明的一个伟大的写照。

神话故事篇

董永与七仙女

玉皇大帝和王母娘娘在宴请众仙，他们的七个女儿趁机溜出仙宫到天河游玩。七姐妹在天河尽情嬉戏打闹，最小的七仙女玩了一会儿，好奇地向人间观望。

清粼粼的河面上，渔夫唱着渔歌摇着橹，渔姑在后仓点火烧饭；绿油油的田野里，农妇抱着孩子提着瓦罐给农夫送饭；高高的山上，采茶姑娘与打柴小伙子一唱一答；热闹的街市，红火的戏班子，吹吹打打的迎亲场面……七仙女简直看呆了，她自言自语道："人间的生活真令人羡慕啊！"

"七妹，动凡心了？"大姐看见她痴呆呆的样子，打趣道。"大姐，你看人间的生活多美好呀！""七妹，切不可动凡心，母亲知道了会重重责罚你的。"

其他姐妹也纷纷过去劝解七仙女。大姐看了看人间，又说："七妹，人间也不是处处皆欢乐。你看那儿，那么大的小伙子坐在街市上哭哭啼啼，多难为情！"七仙女顺着大姐的手指向下望去：集市上，一个浓眉大眼、忠厚老实的小伙子坐在集市一角低头抹泪。他面前有张纸，纸上写着：卖身葬父。不看则已，一看呵，七仙女越看小伙子越可怜，越看越喜欢。

大仙女见状，感觉有些不妥，忙说："时候不早了，咱们该回去了。"众仙女都跟着大姐往回走，唯有七仙女一动不动地站在那儿向下观望。

大仙女回身叹口气又劝道："七妹，我们不该有思凡之心。你知道……"七仙女打断她的话说："天宫虽然逍遥自在，可是一点也不及人间快乐幸福。凡人可以自由自在地谈婚论嫁，我们却只能恪守天规，忍受寂寞冷清。""七妹，你一心想下凡？"大姐问道。七仙女红着脸，但十分坚定地点了点头。大仙女无奈地说："七妹，我们佩服你的勇气。这束'难香'收好了，有困难就点燃，我们会去帮你的。"

七仙女谢过众位姐姐，含泪飞身下凡了。她落到田间小路上，远远看见那个卖身葬父的小伙子走来。七仙女环顾左右，发现一株大槐树，她略一思索，拍手招出了土地，向他交代一番。卖身小伙子愁眉苦脸地经过大槐树，抬眼看见一位天仙似的姑娘坐在树下看着自己，脸一红，低头走了过去。没走几步，听见姑娘在后面"哎哟哎哟"地呻吟，又转身过去询问："姑娘，你怎么了？"

"我孤身一人来此地投亲，不料亲戚早死了。心里一急，走路不小心，把脚扭了。"姑娘说完，嘤嘤地哭了起来。小伙子红着脸，走也不是，站也不是，不知如何是好。这时姑娘又说话了："大哥，帮帮我吧。"

小伙子叹了口气，一屁股坐在地上说："姑娘，我怎么帮你？为了葬父，我已卖身傅善人家，三年后才能自由。我怎么帮你呀！"说完，垂头哭了起来。

二人正哭得伤心，一个白头发老头走过来，笑着说："小夫妻俩闹别扭，有什么可哭泣的？"

小伙子一听，忙说："老伯，您误会了。我董永孤身一人，尚未娶妻。"姑娘也说："我独身女子，哪来的夫君？我们是各感身世凄凉，才伤心哭话。"老头儿捋了一下胡子说："我还以为你们是夫妻二人。

唉！一对苦命人呀！"停了一会儿，老头儿又笑嘻嘻地说："董永，这位姑娘怪可怜的，你也尚未娶妻，干脆，娶她为妻吧！""不不不！"董永连连摆手说道："我已卖身为奴，怎么能让她跟我吃苦受罪呢？"姑娘也推辞说："我一个弱女子，怎好拖累这位大哥？"

老头儿又笑着问："你们二人都为对方着想，真像是恩爱夫妻呀！我问你们，抛开拖累与负担不说，你们愿意结为夫妻吗？"二人羞红了脸，低头不语。老头儿一看，乐呵呵地说："我看你二人一个有情一个有意，非常有缘分。我土地老儿今天就当回月下老人。为你们二人牵线主婚吧。来来来，槐树为证，土地为媒，今日你们二人就正式结为夫妻吧。"

七仙女与董永成亲了。土地老儿送他们一些碎银作为礼物，然后就消失了。

董永高高兴兴地带着七仙女到傅善人家为奴。这个傅善人的为人可不像他的名字那样，他一见董永带了个漂亮媳妇来，又是眼红又是愤恨，他心生一计，说道："董永，你入我府当三年奴，契约上写得清清楚楚。如今你带着吃白饭的媳妇来，这三年的契约就得改为六年。"

七仙女抢先说："傅善人，我和董郎入府为奴，不会吃白饭的。我会纺线织锦，裁衣绣花，我能养活得了自己。"

傅善人不怀好意地盯着七仙女说："小娘子真会说话。我傅府一顿饭可不比其他人家，你三年织十八匹云锦，才够你三年的饭钱呀！"七仙女微微一笑，说："傅善人，如果我用不了三年就织好十八匹云锦，你能否免我董郎的奴期？"

"嘻嘻，小娘子口气不小。我府最好的织娘，三年才能织出九匹上好的云锦，你想不用三年就织好十八匹，哈哈……小娘子，你要是一夜之间能织出十八匹云锦，我把董永的奴期改为三个月，你要是织不出，董永就得在我府为奴六年，到时候……哈哈！""好，一夜织十八匹云锦！咱们立字为据。"

七仙女当即和傅善人立下了字据。董永在旁边急得不知如何是好。他愧疚地对七仙女说："娘子，让你跟我受罪，我实在是于心不忍。这傅善人心如蛇蝎，他不会让我们有好日子过的。娘子，趁天黑你快逃出傅家吧。"

七仙女笑着安慰董永，让他放心。晚上，董永被派去推磨了。七仙女点起"难香"，不一会儿，六位姐姐飘然而至。在大仙女的带领下，众仙女用天丝天机替七仙女织起了云锦。五更时分，众仙女把十八匹云锦织好。大仙女要带其他妹妹回天宫了，七姐妹挥泪告别。

第二天，傅善人看着眼前一匹匹绚丽耀眼的云锦，简直不敢相信这是真的。以后，他不断地刁难董永和七仙女，都被七仙女一一化解了。转眼，三个月期满，七仙女拿出契约在傅善人面前抖了抖说："我夫妻二人的奴期已满，告辞了。"傅善人看着二人的背影，叫悔不迭："这么能干的奴仆，我干吗要缩短奴期呢？哎呀，三年改为三月，我损失三十年啊！"

董永和七仙女兴高采烈地走在回家的路上。二人再次经过拜天地时的大槐树，董永恭敬地走上前去深施一礼。七仙女笑他天真，董永一本正经地说："大槐树是我们成亲的证人，以后我每年都要来拜它。"七仙女笑着说："好！明年的这个时候，你带着孩子一起来拜吧。"董永惊喜地问："我们有孩子了？"七仙女羞涩而又幸福地点了点头。

不经意间，七仙女抬头看了看天，南天远远地飘来一片乌云，七仙女顿时脸色大变。董永忙关切地询问，七仙女苦笑一下说："董郎，我有点饿，你去摘些野果好吗？"董永忙去采果子。那片乌云飘到了七仙女的头顶，乌云中站着一位身着金甲的天神，恶狠狠地对七仙女说："七仙女，玉帝命你务必于午时三刻回天宫，否则就将那个凡夫俗子天打五雷轰。"说完，天神踩着乌云返回了南天。

不一会儿，董永用衣襟兜着一些梨和枣回来了。七仙女一看，不禁泪如雨下，她哽咽着说："董郎啊，为什么摘这么不吉利的果子回来？为什么要让我们'早离'呢？"董永心疼地拉着七仙女的手说："娘子，老人们说这叫'早生贵子'，你怎么偏往斜处想呢？"七仙女看着董永，问道："董郎，让你为我死，你愿意吗？"董永攥紧七仙女的手说："娘子，娶你是我三生修来的福分。你跟着我吃了那么多苦，我下辈子也还不完你的情、我为你死又有什么值得可惜

的呢?"

七仙女含泪笑了笑,拉着董永起身赶路了。走了几步,她抬头看了看天,太阳马上就要正当头了。她咬了咬牙,对董郎说:"董郎,你知道我是谁吗?"

"你是我娘子。娘子,我愿意一辈子守着你和咱们的孩子。"董永美滋滋地说着。

"董郎!"七仙女带着哭腔喊道:"我是天仙,你是凡人,我们要分离了!"

董永吃惊地看着七仙女说:"娘子,你怎么了?"

七仙女严肃地说:"董郎,一夜织十八匹云锦,一夜磨十五斗麦子,一夜拣五斗芝麻,这是凡人能做到的吗?"

董永呆呆地看着七仙女,一句话也说不出来。七仙女抹了抹眼泪说:"我是玉皇大帝和王母娘娘的七女儿,我私自下凡与你结为夫妇,触犯天条,玉帝命我午时三刻回到天宫,否则……董郎,我……我舍不得离开你,可我必须得回去呀!"

董永发疯般地抱住七仙女喊道:"我不管你是仙女还是鬼怪,你是我娘子,我不让你走!我们死也不能分开。"

二人抱头痛哭起来。良久,七仙女对董永说:"董永,我口渴得很,你去帮我取些水来"董永拿着葫芦跑了,七仙女无限留恋地看着他的背影,缓缓地飞上了天。

董永满头大汗取回了水,四处不见七仙女的踪影,他扔下水葫芦仰天大喊:"娘子——"红日当头,没有一丝回音。董永扑在地上大哭起来,哭了很久很久,董永失神地坐在地上,呆呆地望着太阳渐渐西斜。

"董永,别难过了,这是没办法的事。这是七仙女留给你的血书和银两"董永抬头一看,是为他们主婚的土地爷。董永扑在土地脚下磕头如捣蒜:"土地爷,求您帮帮我吧,求您老人家帮我找回我的娘子。"

土地爷叹气说:"难呐!七仙女的血书说了:'明年碧桃花开日,

槐树下面把子交。'你回去吧,多保重!"说完,土地爷不见了。

　　第二年的春天,董永来到槐树下。一个红布包袱里一个男婴静静地躺在那儿,包裹上有张血书:天地无情,夫妻情深。

　　董永紧紧地抱住孩子,泪如雨下:"娘子,天与地永远隔不断我们的夫妻情、母子情。"几年后,还是那棵大槐树下,一个小男孩跪在树下发誓说:"娘,孩儿一定要让你和爹爹团聚。"他的父亲摸着他的头坚定地说:"一定会的!"

神话故事篇

夸父逐日

夸父是幽冥之神后土的孙子，长着一副剽悍的身躯，两个耳朵上各挂着一条青蛇，双手又各握着一条黄蛇。他不仅身材魁梧，力气也特别大。他的性格勇敢顽强，而且又善良温和，喜欢打抱不平，为众人办些好事。

夸父住在大荒中的一座名为"成都载天"的山上。有一天，他手握两条黄蛇在荒野上散步，一抬头看见了西方半天空上快要落山的斜阳，心中顿生一念：如果太阳落下去，黑夜便会降临，那样，人们便见不到光明，饱受漫漫长夜的寂寞之苦。应该追上太阳，将它捉住，不让它降下去，造福人民百姓。

于是，夸父便抬起长长的双腿，迈开流星大步，朝西斜的太阳追过去。追呀，追呀，夸父在原野上奔跑得越来越快，犹如一阵疾风，不大一会儿便追赶了一千多里，把太阳追到了一个叫禺谷的地方。禺谷是太阳落下的地方。此刻的太阳就像一只巨大的红亮的火球，呈现在夸父面前。这一大片光明的阳光将他包围起来，他终于追上了太阳，高兴得手舞足蹈，便伸出巨手要去捉住太阳。

可就在此刻，夸父忽然感到一种难以忍受的口渴。因为他千里奔波，疲困饥渴，加上被眼前大火球炙烤着，不渴才怪呢？

夸父无奈，伸出的双手又缩了回来，伏下身子去喝黄河、渭河里的水。结果这两条大河里的水都让他喝干了，也没能止住难挨的口渴。不得已，他又向北边奔去，想去喝大泽里的水。那大泽有方圆千里之大，足够他喝的了。遗憾的是，还没等夸父跑到大泽边上，就渴死在半路上了。

一代巨人终于像一座山一样颓然倒下了，大地与山河都因这巨人的倒下而发出惊天动地的轰响。夸父用尽平生力气，最后看了一眼即将落下的太阳，"唉"地长叹一声，把手中的手杖奋力向前一抛，壮志未酬的他闭上眼睛长眠了。

　　第二天早上，太阳又冉冉升起，金光照到昨天夸父倒下的地方，发现夸父已变成了一座大山，山的北边，长出一片鲜果满枝的桃树林子，这些果树就是夸父的手杖变成的。夸父人死魂不灭，特意留下这片桃林，让后世追求光明的人们来到这里时，吃上鲜桃解渴，然后精神倍增，奋勇直前，不再像他那样留下终生遗憾。

神话故事篇

梁祝化蝶

　　传说祝英台乃是浙江上虞县一个富贵人家的千金，既聪明又美丽。她从小喜爱读书，善于吟诗作文，出口成章。她太聪明了，到了十几岁的时候，家乡已经找不到适合的老师，她的父母还比较开通，就送她到杭州去求师就学。祝英台觉得自己是个弱女子，只身一人到外地求学，有诸多不便，于是女扮男装，打扮成个英俊小生的模样，带上书童，离开了家乡。

　　祝英台来到杭州一家有名的学塾，拜过老师之后，便和同学们相见。同学中有个家住会稽的翩翩少年，名叫梁山伯。英台觉得，山伯不但长得眉清目秀，而且待人诚恳，乐于助人，听说学业也是出类拔萃的，自己刚到，他就热心帮忙，介绍情况，安排住处，委实是个好人。说来也巧，这两个人又被安排在一间屋子里，夜则联床而寝，日则同案读书，切磋学艺。

　　随着时光的流逝，两个同窗好友的感情在一天天加深。山伯虽然比英台大两岁，可是仍未脱掉少年的天真习气，所以从未想到英台是个女孩儿。英台心里爱着山伯，却不能表白，还要时时提防，生怕暴露出自己的身份。晚上睡觉时，英台借口害怕动静，在两张床之间隔了一只书箱，上面放一盆清水，告诫山伯睡觉不要翻身打滚，山伯果然睡得规规矩矩，一动也不敢动。

　　时间过得飞快，转眼间三年学业期已满。两个朝夕相伴的同窗好友即将分离，心中都有说不出的难过。祝英台走那天，梁山伯送她，走了一程又一程。英台很想把自己的心事告诉山伯，以身相许，却又羞于开口。一路上用双关隐语做了不少暗示，可是单纯的书呆子山伯并没有领悟。

无论英台怎样说，山伯还是不解其意。这可难坏了祝英台，心想：梁兄啊梁兄，你对我的暗示怎么毫不觉察呢？真如戏文里所唱的：人人都说死人死，你比死人死十分！

他们来到十里长亭前。亭下芳草萋萋，溪水潺潺。祝英台说："山伯哥哥，同窗三载，承蒙关照，送君千里，终有一别，请回吧！只是我有句要紧的话要对你说：我知道你尚未定亲，我有个妹妹，生得聪明，长得跟我一模一样，我回去跟父母商量，把她许配给你，想来你也一定愿意。不过你要记住三个日子：二八天，三七天，四六天（共两个月），一定到我家来，晚了要误事的。"

山伯高兴地答应了，却没有仔细想想那三个日子是什么意思。山伯回家后，因为家境贫寒，拿不出聘礼，迟迟不敢到祝家去，不觉错过了时间。后来，他做了鄞县的县令，公事时经过上虞，才去见祝英台。在客厅里等了一会儿，只见英台从闺房中缓缓走出来，以罗扇遮面，行礼道："梁兄久等了！"山伯不禁吃了一惊，原来跟自己同窗三年、联床而寝的学友，竟是女扮男装的漂亮姑娘！这时他才明白了英台路上说的那些暗示的话，知道她所说的妹妹正是她自己。

"贤弟，"山伯怀着希望问，"你在路上跟愚兄说的话。可还记得？""临别时我嘱咐你二八、三七、四六三个日子来，可是你今天才来，太晚了，太晚了！"英台说着流下了眼泪，"一个月前，已经由父母做主，把我许配马家了。"

山伯回到家中，悔恨交加，日夜思念英台，害起了相思病，病情一天天加重，无论吃什么灵丹妙药也不见好转。临死前，他叮嘱母亲，把自己的坟埋在由祝家到马家的大道旁。

第二年春天，英台出嫁的时候，当她乘坐的花轿走到山伯的坟旁时，突然狂风大作，飞沙走石。英台叫花轿停下来，自己走到坟前，拜了几拜，口中叨念着"比翼鸟……连理枝……请君坟……为我开……"等一些断断续续的话。这时忽听"轰隆隆"一声巨响，

山伯的坟裂开了，英台揽起衣裙，趁势一跃，跳进坟中。几个轿夫吓得目瞪口呆，急忙用手去拉，可是已经来不及了，只扯下一片裙幅，一撒手变成了一只大蝴蝶，向天空翩翩飞舞而去。那裂开的坟又慢慢合上了。

　　夜间，不甘心的马家派人来掘墓，掘开一看，只有一具空棺，从里面扑梭梭飞出一对鸳鸯，直飞到马家门前的大树上。一只鸳鸯唱道："马大郎，马大郎，昨日娶了亲，今日为何不拜堂？"另一只鸳鸯唱道："马大郎，你好丑，昨日娶了亲，今日为何不吃酒？"马大郎听了又气又恼，跳河自杀了。梁祝化蝶的故事也一直流传到今天。

神话故事篇

洛阳牡丹

　　武则天当政时,有一天,大雪纷纷扬扬,房檐下、树枝上,到处挂满了冰雪,天地间一片晶莹。武后和公主、宫女在暖烘烘的房子里饮酒吟诗,忽然闻到一阵花香,推窗一看,呀!腊梅花开得红艳艳的。武后大喜,说:"冰天雪地腊梅盛开,这不是特为我饮酒助兴吗?"于是更加飘飘然,借着几分酒意,不顾时节限制,下了一道荒唐的圣旨,说明天早晨要游园赏花,要百花连夜开放。

　　御花园里的梅花仙子和水仙花仙子见了圣旨,连忙到百花仙子的洞府报告,因为按规定要有百花仙子的命令百花才能开放呀。哪知百花仙子外出游玩度假,不在府中。这可急坏了各位花神,她们商量来商量去,谁也想不出好办法。看看天色已晚,牡丹仙子说:"还是我去找找看吧。"牡丹仙子走后,杨花、蓼花、芦花、萱花、家花、菱花、苹花几位仙子交头接耳嘀咕了一阵,觉得百花仙子不在,再等下去耽误了花期,到时候不开花可是有违圣意的呀。于是就不再等牡丹仙子,拉了桃花仙子先去开花了。

　　再说武后,第二天早晨刚刚起床,就有太监跑来报告,说御花园里百花齐放,鲜艳无比。武后听了十分高兴,跑去一看,果然满园春色,百花争艳,不禁心花怒放,脸也笑成了一朵花。可是,观赏了一阵后,她竟发现唯有牡丹花没开。武后十分不高兴地说:"我平时最爱牡丹,派人细心浇灌,百般培养,不料今天唯独她抗旨不遵,真是忘恩负义!"于是,武后派人用炭火把花园里一千株牡丹的秆烧枯,但不伤根须。并说如果再过一个时辰还不开花就把剩下的一千株也烧枯;如果再过两个时辰还不开花,就把所有的牡丹都挖

起来剁碎,还要下圣旨全国都不准种牡丹,让牡丹绝种。太监们领旨后马上照办去了。

再说牡丹仙子漫山遍野找呀找呀,找遍了所有的神仙洞府,直到天亮也不见百花仙子的踪影。一看太阳已经老高了,她犹豫了一下,只好不再找百花仙子,匆匆向御花园赶去,赶到御花园,正碰上太监用炭火烧那一千株牡丹,秆已经烧枯了。牡丹仙子连忙下令牡丹全部开放。霎时间,百花丛中的牡丹枝儿像上了发条似的,一口气地发芽、长叶、含苞、怒放,各处的牡丹都开了,连被炭火烧了的也开出了又大又艳的花朵。

武后见牡丹终于开放,怒气虽然消了,可习惯了说一不二的她心里仍然不痛快,于是就正式下令将牡丹从京城长安贬到东都洛阳。圣旨一下,全国各地纷纷仿效,也都把牡丹押到了洛阳。

从此以后,洛阳的牡丹就成了最繁盛最漂亮的,其中有一种十分奇特的"枯枝牡丹",就是曾经被武后用炭火烧过的那种。

神话故事篇

牛郎织女

　　织女是王母娘娘的外孙女,她是一位勤劳、美丽而多情的仙女,住在银河的东边。她能用一种神奇而美妙的丝织出一层层绚丽的云霞,随着时间和季节的不同而变幻着它们的颜色,叫做"云锦天衣"。织女还有六名姐妹,也跟织女一道终日织制云锦天衣。她们都是天上的纺织女神,可是最杰出最灵巧的还要数织女。

　　在银河对岸不远的地方就是人间,那里住着一个放牛的后生,名叫牛郎。牛郎很小的时候父母就死了,哥哥嫂子常常虐待他,不给他饭吃,不给他衣穿,让他跟老牛住在一起。等他年龄稍大一点,就跟他分了家,只分给他一头老牛,叫他自立门户。牛郎处处关心爱护这头老牛,同老牛一起劳动,一起生活,结下了深厚的情谊。

　　一天,老牛竟然口吐人言,对牛郎说:"善良的牛郎啊,你也不小了,让我给你介绍一门亲事吧!"牛郎听了很诧异,便对老牛说:"牛大哥,你看我连饭都吃不上,还提什么亲事?"老牛说:"你听我的话没错。明天中午,七名仙女要到银河里去洗澡,其中那个穿一身白衣服的是织女,你只要拿到她的衣裳,她就可以成为你的妻子了。"惊异不安的牛郎终于听从了老牛的话,到时候悄悄地来到银河岸边,藏在芦苇丛里,等待仙女们到来。

　　中午的时候,美丽的织女和众仙女们果然来到银河洗澡。她们解下轻衣罗裙,一个个纵身跃入碧波之中,顿时水面上绽开了朵朵白莲。牛郎从芦苇丛里跑出来,在仙女们的衣裳堆里拿走了织女的衣裳。仙女们看见牛郎,惊叫着又躲又藏。她们乱纷纷地急忙穿上自己的衣裳,像飞鸟般四下逃散了。银河里只剩下了那可怜兮兮的

织女，她没有衣裳，不能逃走。这时，牛郎走上前去对她说："你只要答应做我的妻子，我就把衣裳还给你，我会好好待你的！"织女看到牛郎朴实健壮，两眼炯炯有神，心中也生出了几分爱慕之情，便含羞地点点头，答应了牛郎的婚事。

婚后，这一对恩爱夫妻过着男耕女织的幸福生活。不久，他们有了一儿一女，也都是那么天真活泼。夫妻俩满以为他们可以永远相亲相爱，白头到老，不禁沉浸在幸福之中……

天帝和王母娘娘终于知道了织女下凡结亲的事，认为她触犯了天条，便立刻派遣天神，把织女捉回来问罪。一个幸福的家庭硬是被拆散了。两个孩子哭着喊着要妈妈，牛郎眼睁睁地看着爱妻被押走，心中悲痛万分，便立刻用箩筐挑上两个儿女，连夜跟踪追去，一直追到银河边上。可是那清浅的银河已经不见了，原来是被王母娘娘用法力搬到天上去了。牛郎是凡人，上不了天，只好挑着儿女回到家中。

牛郎和孩子们一天到晚唉声叹气，哭哭啼啼，饭也不吃，水也不喝。老牛看到这情景，又开口说话了。它对牛郎说："可怜的牛郎啊，我就要死了，也没有什么留给你的。我死后，你剥下我的皮披在身上，就可以上天了。"老牛说完便倒地死了。牛郎照老牛的嘱咐剥了它的皮披在身上，挑上一对儿女又上路了。为了怕孩子路上口渴，还特意从家中带上一只舀水的大勺。牛郎靠老牛皮的帮助，飞快地穿梭在灿烂的群星之间，终于又来到了天上银河的岸边。隔河不远的仙阁中，那正在织锦的织女，仿佛也可以看见。牛郎高兴极了，两个孩子也举起小手呼喊着"妈妈"。哪知牛郎正要跨步过河的时候，那原本清浅的银河一下子变得波涛汹涌起来，就是飞鸟也难以飞过。原来这又是王母娘娘捣得鬼，她怕牛郎这个凡人闯入天庭，搅乱了天宫的平静，就从头上拔下一根金簪，沿着银河一划，那银河就变得又深又广、波浪滔天了。

牛郎眼含悲愤的泪水，望着滔滔奔流的天河，再也想不出什么办法，只好暂时在河边住下来。他天天带着孩子们到河边瞭望，孩子们思念妈妈,盼望早日见到妈妈,就天真而倔强地对牛郎说:"爸爸,我们用这水勺把天河的水舀干!"牛郎虽然不相信水可以舀干,但还是依了孩子们,三个人就一勺一勺地舀起天河的水来。这水一泼到人间,就是一场倾盆大雨。天帝跟王母娘娘一看,这样下去会造成大灾大难。同时,牛郎和孩子们对织女的坚贞不渝的爱,使得不食人间烟火的天帝和王母娘娘也受到一些感动。于是,他们勉强答应牛郎带着孩子在每年农历七月初七的夜晚,在天河上跟织女相见一面。相见的时候,人间的喜鹊都飞来为他们搭桥。夫妻俩就在鹊桥上相会,彼此诉说着离别的痛苦和相思。说到伤心处,免不了要流下眼泪,这泪水洒在大地上就是一阵濛濛细雨。每年农历七月初七这天,老天就会下起绵绵细雨,传说那便是牛郎织女的眼泪。

女娲补天

女娲造人后，感觉非常累，便睡了一觉。这一觉不知睡了多少年。她睡得正香，忽然被一阵轰隆隆的巨大响声惊醒了。睁眼一看，只见远处的半边天空塌了下来，露出一个个大窟窿。天上的星星像冰雹一样，劈里啪啦砸在地上。森林燃起了大火，大地猛烈震动，地底下喷出滔滔洪水，凶恶的黑龙乘机兴风作浪，秃鹫、猛兽到处乱飞乱窜，抓起人就吃。

人们从来没有经历过这样的灾难，他们偎依在女娲身旁，不住地问："妈妈，这是怎么回事？"女娲抚摸着他们的头，耐心地安慰说："孩子们，别害怕！妈妈会保护你们的。我先把你们送到山洞里去躲一躲。"她安置好了孩子们以后，就登上一座最高的山。

女娲用手指弹弹天空，天空发出一阵破锣似的响声，到处都是裂缝和窟窿。她轻轻地叹道："唉！这下麻烦大啦。现在最要紧的，是先把天空补好。"拿什么去补呢？一开始，女娲打算用黄泥。她想："我用黄泥成功地造了许多人，说不定用来补天也会成功。"她先和了一盆黄泥浆试一试。但一补到天上，泥浆就落下来。女娲明白了："看样子，和稀泥的办法不行，必须再找新材料。"

经过几次试验，女娲终于在江河之中找到了补天用的最好材料——五彩石。这种石头既坚实又好看。女娲走遍大江大河，挑选了许多五彩石。光有石头还不够，还得把它烧化了，变成石头做的"糨糊"，才能灌进天上的窟窿和裂缝里，把坏了的天空补好。于是，女娲顾不得劳累，搬来许多芦草，燃起熊熊烈火。大火烧了九天九夜，五彩石除了一块之外都熔化了，女娲就用它来补天。

一个个窟窿补好了，一条条裂缝填平了。女娲再用手指弹弹天空，天空发出清脆响亮的声音。她笑了，对自己的劳动成果很满意。天，确实补得很好。远远望去，又是那么蔚蓝，甚至比原来的还要美丽多彩。女娲还不放心，生怕补好的天再塌下来，就提了一只大乌龟，砍下它的四条腿当柱子，竖立在大地的四个角上，把天支撑起来。

　　女娲十分疲劳，想休息一下，可是要做的事还多着呢。她强打精神，杀死了捣乱的黑龙，赶走了害人的恶禽猛兽，又把炼五彩石的芦草灰堆积起来，制服了泛滥的洪水。等到完成了这些大事，她已经把全部精力用尽了。女娲再也没有力气站起来，她用剩下的最后一口气，对着山洞喊道："孩子们，出来吧。"就永远闭上了眼睛。

　　山洞里的人们听到妈妈的呼唤，都跑了出来。他们看见了明亮的天空，平静的大地，一切都是那么美好。他们也发现女娲不再醒来，就拥上去围着她呼喊、哭泣。为了纪念这位造人补天的女神，人们把女娲的事迹编成故事，代代相传，直到今天。最后还得提一下那块没熔化的五彩石，它又不知经历了几番风雨，便成了挂在贾宝玉脖子上的那块"通灵宝玉"。

神话故事篇

神荼郁垒

相传，在风景秀丽的度朔山上有好大一片桃林。桃林中，有一棵很大很大的桃树。大桃树下有两间青石屋，里面住着两位兄弟，哥哥叫神荼，弟弟叫郁垒。他们俩都力大无穷，雄狮见他们低头，恶豹见他们瘫软，就连猛虎也自愿跑来为他们效劳。

在度朔山的东北方，还有一座野牛岭，野牛岭上有个野王子，这人也有一把蛮力。野王子仗着人多力大，占住这野牛岭为非作歹，欺压百姓。他心比蛇狠、比蝎毒，常常吃人心喝人血，可把附近的老百姓害惨了。

野王子听说度朔山上有座仙桃林，吃了那里的桃子不但可以长生不老，而且还能马上成仙，他早已对此垂涎三尺，于是派手下的恶人去度朔山抢摘桃子。野王子手下的恶人来到桃林边，喝令神荼、郁垒两兄弟把仙桃献上来。谁想他们兄弟俩根本不吃那一套，冷冷一笑对那恶人说："我们这桃林的桃子只送穷人不贡恶人。"说着便把那恶人赶下了山。

野王子听了手下人的禀报，气得七窍生烟，立即带了三百人马杀奔度朔山。神荼兄弟听说野王子来攻山了，便带着守林的猛虎迎出了桃林。双方相遇，一场恶战，只打得飞沙走石，天昏地暗。神荼兄弟运足气力，带领猛虎，把野王子的人马杀得七零八落，抱头鼠窜。

被打得焦头烂额的野王子，贼心不死。回到野牛岭，想仙桃想得更心切了，以至于茶饭不香，昼夜难眠。他想啊想啊，想得头上脱了三层皮，脑门上添了三道皱纹。这一天，他终于想出了一个坏主意。

　　一个月黑风高的夜晚，神荼和郁垒两兄弟在桃林的石屋中睡得正香，忽然听到外边有动静，赶忙起身去看。只见从东北方向过来几十个青面獠牙、赤发碧眼、奇形怪状的魔鬼。他们"嗷嗷"地乱叫着向石屋扑来。兄弟俩面对恶魔毫无惧色。神荼随手提了根桃木枝就迎了上去，郁垒抓了根苇绳跟在后边。他们只几步就来到了这群魔鬼中间，神荼运足气力，一下打倒一个，郁垒在后面抖开绳子，一个又一个地捆。不一会儿，大大小小的几十个魔鬼一个也没剩下，全被他们抓住捆了起来，然后，又一个个扔出去喂了老虎。

　　原来，这些魔鬼都是野王子和他的手下人装扮的。他们本想用这个办法把神荼和郁垒吓走，独占桃林，没成想竟做了老虎的美餐。

　　不久，这件事便传开了，老百姓都非常感谢这勇敢的兄弟俩为他们除了一大害。

　　神荼兄弟俩去世后，便升天做了天神。老天爷知道他们俩有捉鬼的本领，就命他们专门惩治恶鬼，碰上恶鬼就用苇绳捆起来扔出去喂老虎。由于桃林是他们兄弟二人种的，所以桃木也就有了驱鬼避邪的能力，后人都用桃木来避邪。再后来，神荼郁垒就逐渐演化为门神。

神话故事篇

天神与地神

很早的时候，天神专管风云雷电和天河，和主宰地上万物生灵的地神同住在天上。他们分工合作，相处的不错。有一天，天神突发奇想，想要到人间去看看，因为他经常听到地神讲述人间的各种奇闻轶事，觉得人间比天上好，一心想去看个究竟。

这天，地神留在天上替天神暂管一切事情。天神踏着一朵祥云从空中降落在一座山脚下，眼前的景象一下子把天神吸引住了：遍地都是鲜花野草，各种美丽的小鸟，唱着婉转动人的歌，展开彩色的羽翅，在满是花香的草原上飞上飞下，真是美极了。

天神欣赏着这使他沉醉的奇异景象，不忍马上离去。这时，远处有一个骑马的王爷朝这边奔来，后面跟随着两个奴仆。他们每人手里都拿着弓箭，看来一定是到山上打猎的。

天神忽然心生一计，决定戏弄戏弄他们。他就地一滚，立刻变成一只小巧伶俐的玉兔，三跑两跳地凑近马前，在马前蹦蹦跳跳地打转，老不跑开。两个奴仆一见，猛地从后面扑过去，想一下捉住它。可是玉兔像箭一样从两人的手心里窜出去。害得两个奴仆像疯子似的拼命在后边追赶，可是一点用也没有。等他俩气喘吁吁地停下来的时候，那只玉兔也停下来不跑了。王爷见两个得力助手连一只小小的兔子也对付不了，气得在马上大叫："一对饭桶！闪开！看本王爷的神箭！"只听飕的一声响，一支锋利的雕翎箭射中了玉兔。玉兔带着利箭朝前奔逃。王爷在马上哈哈大笑，急忙招手叫两个奴仆一齐追赶上去。追到山前，那只玉兔忽然不见了，那支利箭却插在一株大树上，足有半尺多深。

王爷好生奇怪，正不知如何是好，忽然听见近处有人呻吟。顺着声音一找，原来是一个衣裳破烂的流浪汉躺在一个山洼里，旁边卧着一只肥大的金毛山羊。

流浪汉看见王爷，勉强爬起来，恳求说："好心的人哪！请求你给我一点帮助吧！我离开家乡已经三年了，现在又病倒在这里，肚里又饿，眼看就要死在这荒山野坡了，求求你赐给我点吃的吧！若能把你的马送给我骑，那么，我可以把金毛山羊送给你。"

王爷知道金毛山羊是稀世珍宝，用它做成精美的衣服，夏天穿上它，无论多热的天，身上也是凉的；冬天穿上它，无论多么冷的天，身上就像火盆烤着的一样。他希望立刻得到金毛山羊，但又舍不得把马和东西送给他，于是产生了一个念头。看看四周没人，暗暗向两个恶奴使了个眼色，然后对软弱无力的流浪汉说："我看你也活不了多长时间了，不如把山羊送给我留个纪念，让我好好把你埋葬了吧！"

流浪汉苦笑了一下，点点头，再没有说什么，倒下身子闭上了眼。王爷一看时机已到，连忙把手一挥，两个恶奴迅速地搬起一块大石头，猛力朝流浪汉的脑袋砸去。只听"咔嚓"一声响，流浪汉的脑袋立刻碎裂了。王爷马上把金毛山羊捉住，叫两个恶奴搬来很多石块把山洼填满，然后才带着金毛山羊心满意足地走下山来。刚走不几步，忽然一声咆哮，好像平地响起一声霹雳。王爷回头一看，"哎呀"一声，像老鼠见了猫似的，惊慌失措地纵马狂奔，再也不敢回头看一下。那两个恶奴也吓得腿软腰酥，只恨爹娘少生了两条腿给他。原来，金毛山羊忽然变成了一只极凶猛的黄毛老虎，不等两个恶奴动弹，便张开血盆大口，一口一个，把他俩活生生地吞到肚里去了。

天神把老虎驱回原地，乘一阵狂风，怒冲冲地回到天上，对地神说："我要给那些世间的恶人一个最严厉的惩治：把他们驱逐到大海里去！叫他们永远沉入海底，不见天日！"

当地神知道发生了什么事情以后，心里想："完了，所有的人都

要跟着遭殃了！怎么办呢？难道真要让所有的人都死光吗？"地神决定先到人间走一遭，看看有没有可以免去一死的人。地神来到人间，变成一个可怜的穷老太婆，走到一座漂亮的帐篷前，要求主人给她一顿饱饭吃，然后把她送过河去。这家主人是王爷的大管家，看见老太婆理也不理，只管大吃大喝。他见老太婆站着不走，心中大怒，喝叫仆人把她轰走。

老太婆叹了一口气，又来到另一座帐篷前。主人也是一个有钱而心地阴险的人，听了老太婆的请求，心里很生气，不但不怜悯她，反而一把把她推倒在地，然后气冲冲地回到帐篷里去了。

老太婆点了两下头，长叹了一声，正要回到天上去，忽然看见前面走来一个衣裳破烂的年轻牧人，就上前恳求说："年轻人哪！让我先到你家吃顿饱饭吧！"年轻的牧人略微踌躇了一下，说："好吧，我可以尽我的一切力量使您吃饱。"年轻的牧人把老太婆领到家里，把家里仅有的一小袋炒米和新捕到的一只野兔全都拿出来，为老太婆做了一顿很好吃的饭。老太婆吃完了所有的东西，马上又叫牧人把她送到河那边去。牧人立刻答应了，空着肚子紧了紧腰带，很小心地背着老太婆走进了河里。河水很急，一不小心就会被水冲倒。牧人在水里挣扎着，费了很大力气才到了对岸。牧人把老太婆轻轻地放下，道了晚安，刚往回走两步，忽然老太婆把他叫住，说："好心的人呀，我实话对你说吧，我不是什么老太婆，我是地神！"

牧人仔细一看，面前站着一个极美丽的仙女，急忙跪倒，恳求地神赐给所有的穷牧人一点幸福，希望今后不再受王爷的欺侮。

地神摇摇头说："我只能满足你一个人的希望，因为你曾经帮助了我。为了这一点，我要把你从死亡里救出来。你记住吧，等明天太阳一露脸的时候，这里就要变成一片汪洋，你要早点跑上山去，这样你就可以得救了。但是这事你不能告诉任何人，不然，你就会变成石头的！"地神说完很快地就飞走了。牧人一时不知道怎么办好，想着即将降临的灾难，心里非常不安。想起平日那些受尽压迫的牧民们，他心里立刻燃起了烈火，再也不能忍受下去了。

牧人不顾地神的警告，马上跑到各个牧民的家里，把地神告诉他的话都说了，让大家赶快搬到山上去。牧民们平时就对他非常信赖，听了他的话都很感动，当天夜里都悄悄地搬到山上去了。只有一个白发苍苍的老头儿有病不能走动，眼看着东方已经亮了，正巧赶上年轻的牧人从帐篷外边走过，听到呻吟声，急忙进去背起老人往外跑。眼看就要到山根了，但天已经亮了。一声轰响，天神把天河水放开，一道极宽的白花花的水浪从天上倾泻下来。顷刻，平地漫起了三尺多深的洪水，汹涌的波涛很快地追上了年轻的牧人。刹那间，年轻的牧人变成了一座山石，再也不能移动一步。老人坐在山石顶上，看见迅速漫上来的洪水，紧紧地闭上眼睛等死。忽然，山石颤抖一下，随着上涨的洪水迅速地长高，洪水再也不能把它淹没，老人得救了。

　　洪水的狂澜把残暴的王爷们和他的奴仆及他的千百只牛羊都给卷走了，只有那些牧民们躲过了这次大难。三天之后，洪水退尽了，草原上仍然是一片青绿。牧民们重新在满是花香的土地上搭起了帐篷，开始了新的生活。但他们并没有忘记这位年轻的牧人，他们抬着整牛整羊到山前祭奠，每个人都流出了眼泪。

　　从此，牧民们过着快乐的日子，再也不受压迫和剥削了。每当牧民们唱起欢乐的歌、跳起欢快的舞时，一种奇妙的歌声就会从山石里传出来，欢乐的牧民都可以听得很清楚，这是那个小伙子在向大家祝福呢！

神话故事篇

相 思 树

韩凭是个忠厚老实的小伙子。他的妻子贤惠美丽,小两口相亲相爱,人们都夸他俩是天生的一对。

一天,韩凭的妻子和女伴们到桑林里去采桑叶,遇上了出来打猎的宋康王。好色的康王一眼看中了她,硬是叫人把她抢进王宫里。韩凭满腔悲愤,逢人就诉说康王的残暴和无耻。康王恼羞成怒,给他加上辱骂国君的罪名,抓进监狱罚做苦工。

康王又用威吓利诱的卑鄙手段强迫韩凭的妻子背离丈夫,跟随自己。可是韩妻忠贞不贰,死活不依,还暗中写了一封信,托人捎给做苦工的丈夫,上面写着:"春天雨淋淋,河宽水又深,太阳照我心。"意思是说,自己的悲伤和思念像春天的雨,连绵不断。康王的残暴就像王母娘娘银河里的水,把夫妻俩拆开了。但是不管怎样,自己的心像太阳,光明正大,至死不变。韩凭看了这封信,悲愤交加,热泪滚滚,当天晚上便含恨自杀了。

康王听说韩凭死了,冷笑一声:"哼,便宜了这小子!"又对他妻子说:"告诉你,韩凭昨天畏罪自杀了。你就死了跟他的心吧。明天我带你上青陵台去玩个痛快。"韩凭的妻子早已抱定一死的决心。她强忍悲痛,假装笑容,答应和康王同游青陵台。

第二天,康王领着韩妻在高高的青陵台上到处转悠,还无耻地说:"只要跟了我,我保你一辈子享不完的荣华富贵。"说完,又得意地奸笑起来。韩凭的妻子趁他不注意,突然越过栏杆奋身向下跳。左右的人慌了,忙去拉她的衣服。哪知这衣服是她事先用腐蚀药水浸过的,一抓就成碎片。等卫士们匆匆跑到台下,韩凭的妻子已经摔死了。卫士在她身上找到一条白绫衣带,上面写着:"我不愿为大王活着,宁愿为韩凭去死。请将我的尸骨赐给韩凭,和他葬在一起。"

　　康王气得暴跳如雷,喊道:"快,把这个女人埋得远远的,不许和韩凭合葬。"就这样,韩凭的妻子葬在离韩凭坟墓老远的地方。康王觉得还不解恨,又恶狠狠地说:"你们不是至死相爱吗?有本事,就把两座坟墓连接起来给我看看。"

　　韩凭夫妻的精神感动了天地,奇迹果然出现了。一夜之间,两座坟头上各长出一棵高大的梓树,树干弯曲着,互相靠近,树根盘结在一起,枝叶紧密交错。在葱茏的树荫中,又生出一对鸳鸯鸟。它们相依相伴,形影不离。人们鄙视宋康王的罪行,敬佩韩凭夫妻宁死不屈的高贵品质,就把这两棵树叫做"相思树"。

神话故事篇

夜 游 神

　　远古时代，在南方荒野中，有十六个神人，个个都长着小脸颊、红肩膀，他们手臂拉着手臂连成一片，给人间和神鬼世界的主宰——黄帝守夜，以防止妖魔鬼怪在夜间作祟而惊动黄帝他老人家的大驾。由于他们一到晚上就出来巡察守夜，到白天就悄然隐去，所以叫做夜游神。在南中夷方一带，晚上出门时偶然能碰到这些连成一串巡夜的夜游神，人们也就见惯不怪了。

　　也有传说夜游神其实是鬼怪，两个首领叫野仲、游光，他们各有七个弟兄，共十六人，所以夜游神又称二八神，常在人间作怪。《封神演义》中，夜游神变成了一个人，唤做乔坤。不管夜游神如何变化，不管他们做坏事，还是做好事，总之一句话，他们为黄帝服务的神职是始终不变的，对黄帝的忠心也是如一的。

　　夜游神巡夜时行动迅捷，比大风刮得都快，据说一个晚上可走一万二千里地。他们虽然行走神速，走起路来却又悄无声息，凡人与他们擦肩而过都觉察不到。夜游神十分忠于职守，无论春夏秋冬、刮风下雨，还是严寒酷暑，他们都按时值勤上岗。巡夜时若遇上邪神恶鬼惹是生非，夜游神就报告给天神，让他们去降妖伏魔，自己则继续四处巡逻。若碰上安分守己的老百姓，夜游神则视而不见，丝毫不加干扰。

　　为了不妨碍执行公务，黄帝恩准他们在遇见惹事的百姓时可施展法术将百姓的魂勾走，但他们"下班"时必须还魂给人家。一般来说，夜游神们都比较守纪律，但也有干出格之事的。北方民间曾流传过一个极富戏剧性的故事。

从前，一个书生结婚，等亲朋好友们闹完洞房一哄而散后，小两口已经疲惫不堪，于是便倒头睡去。睡到半夜，新郎官醒来一看，吓了一跳，睡意全消：新娘子不见了。闻讯而来的全家人来来回回找了几遍，都不见新娘的影子。没办法，一家人只好垂头丧气地各回房歇息，等天亮后再作处理。新郎回到洞房，又吓了一跳，新娘正在床上酣睡。新郎忙推醒新娘，问她刚才到哪里去了。新娘对新郎不着边际的问话感到十分奇怪，回答说："我哪里也没去。刚才只是做了一个梦，梦见一个身披盔甲的人，手里握着一把宝剑，说是他正在替黄帝巡夜，一个人又冷又孤单，让我陪他出去转了一会儿。不过，那只是梦境罢了，我不是好好地睡在床上吗？"新郎看新娘说话不像有假，便把前后的事详细地告诉了新娘。新娘子自己听后都觉得十分害怕，不知怎么自己会如此"夜游"。

　　据说，像这类敢公开违犯纪律的夜游神，若被黄帝发现，是要受严惩的。黄帝会派人将夜游神捆起来吊到树上，白天也不让休息，连续风吹雨淋日晒他十二年。夜游神最怕太阳，晒他十二年，就等于减他一万二千年的寿数。

　　夜游神的职责是巡夜，遇有异常情况要及时汇报。东汉献帝时，时局十分动荡。蜀郡益州有一个秀才叫司马重湘，才高八斗，但出身低微，家境贫寒。当时把持朝政的是世家大族，根本不把门第低下的士人放在眼里。加上司马重湘性格耿直，因而他一生都郁郁不得志，到五十岁都未能步入仕途。

　　一天，司马重湘喝得酩酊大醉，回想一生遭遇，不禁悲从中来，于是取来文房四宝，一边低吟一边挥毫，不多久就写成《怨词》一文。天黑以后，司马重湘命人点上灯来，在灯下将《怨词》诵读了两遍，百感交集之下，在灯上把词稿给烧了。没想到此举被路过的夜游神撞见，报告了天帝。

　　后来，司马重湘又大闹阴曹地府，最终感动了神鬼两界，传说他终于获准托生转世为司马懿。得以在三国时期充分展露他的不

世之才。

　　司马重湘能脱胎投身为司马懿，夜游神所起的作用不小。正是因为夜游神的神职在于巡夜视察，民俗中人们还是十分敬畏的。人们怕在晚间做坏事会被夜游神发现。某些地方的风俗是，晚上人们不能在家中放置洗用过的剩水，必须倒掉，如果夜游神巡夜路过时用这些脏水饮马，人们的罪过可就大了。

神话故事篇

英雄刑天

刑天是上古时代一位顶天立地的巨神。他本来没有名字，只是由于和黄帝争夺神座，被砍掉了头颅，才被人称作刑天。"刑天"就是"砍头"的意思。

刑天出生在南方，成长为一名巨神后，被炎帝相中，做了炎帝的属臣。身材巨大的刑天，不仅勇武剽悍，而且还精通音乐。他一直跟随着炎帝，帮助炎帝治理国家，教导人民从事生产。为表示他对炎帝慈善性格和开明国政的敬佩，刑天为炎帝作了一组歌曲，以赞美炎帝的功绩和德政。这组歌曲的题目叫做《下谋》，其中一支歌曲叫《扶犁》，歌颂了炎帝教导人民从事稼穑；还有一支歌叫做《丰年》，也是赞美当时幸福快乐的生活的。

刑天非常敬佩炎帝，对炎帝的仁爱和慈善常常赞不绝口。但是，刑天也觉得炎帝仁爱有余而勇武不足，尤其是在与黄帝的矛盾冲突中显得过于懦弱，过于忍让。所以，自从在孤泉之野战败以来，刑天一直对炎帝的忍让有些不满。他多次劝炎帝起兵复仇，夺回失去的中央天帝的宝座。可炎帝根本不听刑天的劝告，甘心屈驾于黄帝之下，过委曲求全的日子，并不想起兵与黄帝抗争。面对不想用战争和武力报仇雪耻的炎帝，刑天又急又恼，想来想去，还是得等待时机，劝说炎帝起兵反击黄帝。

性格刚烈的刑天是无法在等待的寂寞中消磨时光的，他很想凭借自己高大的身材和无敌的勇气，单枪匹马迎战黄帝，逼迫黄帝让出天帝宝座。只是炎帝看管得太紧，刑天无法脱身。蚩尤起兵反抗黄帝的失败，更增添了刑天的复仇决心。蚩尤的起兵曾点燃起刑天

的希望，蚩尤的被杀更增加了刑天的仇恨。他实在是忍无可忍，决定自己偷偷跑出去，找黄帝说个明白。

就这样，怒不可遏的刑天拿起一把大板斧和一面巨大的盾牌，不顾炎帝的三令五申，怒气冲冲地向中央天庭跑去，恨不得立即与黄帝决一死战。刚刚接近中央天庭，刑天就遇到了天庭卫兵的层层堵杀和围剿，只几个回合，刑天便把那些卫兵杀得人仰马翻。他雄赳赳、气昂昂地逼近了天庭，眼看着一路势如破竹的刑天就要来到天庭的门口，几个卫兵便连滚带爬地跑到黄帝那儿报告。黄帝听说一个无名的小神胆敢和自己分庭抗礼，不禁勃然大怒。他站起身来，提起一口宝剑，就出了天庭大门，准备好好教训一下这个胆敢犯上的家伙，让他知道黄帝不是好惹的。

刑天一见黄帝提着剑出了天庭，便大吼一声，痛骂黄帝的不仁不义，声称要为炎帝报仇雪耻。然后，他便举起大板斧，向黄帝凶猛地砍去。黄帝当然也不示弱，挥舞起利剑与刑天在云端里拼力厮杀起来。两位大神你来我往，斧剑交加，谁也难以取胜。不知厮杀了多长时间，他们从天界杀到了人间，一直杀到西方常羊山的附近。常羊山是炎帝诞生的地方，在常羊山北面不远，就是黄帝子孙聚居的轩辕国。可以说，黄帝和刑天来到了是非之地。正因为如此，两位大神拼杀得越来越激烈。刑天毕竟年轻，没有黄帝的多谋善断，也没有黄帝的作战经验，因此一打到常羊山，刑天便感到有些紧张，方寸多少有些慌乱。机敏的黄帝抓住这个间隙，趁刑天略有分神的机会，猛地用剑向刑天的脖颈砍去，刑天那颗巨大的头颅立即滚落下来，刑天成了无首的巨人。刑天感到脖颈上一阵剧痛，伸手一摸，才知道头已被黄帝砍去了。他不免更加慌乱起来，便蹲下身子，伸手去寻找自己的脑袋，可是找来找去，就是找不到。刑天没有了脑袋，当然也就没有了眼睛，什么也看不见，怎么能找到脑袋呢？这时的黄帝，发现刑天在摸索自己的头颅，害怕刑天找到头颅安在脖颈上，将来又是一件麻烦的事。于是，黄帝用力一挥宝剑，向常羊山猛地一劈。刹那间，常羊山轰隆隆地坍塌下来，刑天的头被永远地埋葬在那里。

刑天感觉到常羊山已经坍塌，意识到无法再找到自己的脑袋了，他将永远身首异处，他将永远成为一个没有头颅的巨人。想到这里，他不禁狂笑起来。刑天的狂笑让天地战栗，让敌手心寒。刑天不承认自己的失败，他是以笑声来表达自己绝不屈服的勇气。

刑天巨大的无头的身躯高高地站立在常羊山旁，继续挥舞着他的大斧子劈呀劈呀，挥舞着他坚硬的盾牌，他要与看不见的对手继续拼争下去、他没有头颅，就把自己的上身当作头颅；他没有眼睛，就把两只乳头当作眼睛；他没有嘴巴，就用宽厚肥大的肚脐做嘴巴。这样，刑天的样子更加凶猛，更加威武。他仍然在喊，他仍然在拼杀，手中的板斧和盾牌在空中飞舞着，划出一道道巨大的弧线，刮起一阵阵强劲的旋风。他虽然看不见对手，但是胸前的眼睛却仍然喷射着战斗的火焰；他虽然不能吼叫，但肚皮上的嘴巴仍然倾吐着愤怒的咒骂；他的头虽然被砍掉了，但他英勇品格和顽强精神还在，他的威猛气势和坚忍的毅力还在。他没有失败，他不可能失败。为了实现自己的誓言和决心，他就在常羊山附近不停地挥舞着自己的板斧和盾牌，头颅虽然已经被埋葬了，但奋斗不息的气魄却影响着整个神界和人间。

对这位勇猛顽强的斗士，黄帝十分钦佩。他深知这位忠贞刚烈之士是神界中不可多得的，因此对断头的刑天非常惋惜。孤独而勇武的刑天在常羊山无休止地挥舞着盾牌和板斧，气力越来越少，终于累死在常羊山边。不过，刑天只剩下一口气时，双手还没有停止挥舞。

他的勇猛刚强和赤胆忠心终于深深地打动了黄帝，他决定要厚葬这位刚直不阿的汉子。于是，他命令手下的众神，把刑天的遗体葬在常羊山旁，整个世界都为刑天的精神所感动。不过，还有人说，刑天并没有累死，至今仍然在常羊山边挥舞着板斧和盾牌，在这个世界上昭示着自己永恒的毅力和坚强。

神话故事篇

钟馗捉鬼

自开天辟地以来，从太上老君做天神总统领时始，就不断在人间选拔贤能之士到天庭中去任职。太上老君把天神总统领之位禅让给玉皇大帝以后，玉帝更是变本加厉地不断从人间征调贤能之士。这些由人而神者，到得天庭之后就可长生不死。一时间，天庭上也已神满为患。开始之时，玉皇大帝尚能量才为用，分别给他们安排职务，比如：主管农业的大神、主管桑蚕的大神、主管茶业的大神、主管酒业的大神等等。后来实在再无位置可以安排，就由粗而细，每一人间细小之事物都派一名大神主管，比如：专管人间厕所的大神、专管人间灶台的大神、专管人间火炕的大神等等。但即使如此，仍然还有一些长生不死之神没有工作可干。玉皇大帝实在没有办法，就任命这些吃闲饭的大神为散仙，任凭他们邀游于天上、人间、幽冥三界，索性不管了。这些散仙大多在未成仙之前都是人世间的贤能之士，让他们闲着他们又憋得慌待不住，于是就学习人间的侠义之士，束装仗剑游戏人间、幽冥两界，路见不平即拔刀相助，以除奸铲恶为乐，以济善安贫为喜，干起了游侠的行当来。因而，在人间，他们的名声更为响亮。钟馗就是这样的散仙之一。

那钟馗本为人间一介书生，家住现今陕西省西安市西南面的终南山。他父母早逝，家中只有一个妹妹。大唐德宗年间，朝廷开科取士。钟馗满腹经纶，本想进京科考，但一想若是进京，非是一月两月即可回转，倘若遇有意外一年两年也说不定，留下一个年仅十七八岁的妹妹无人照管实是放心不下。若是不去吧，十年寒窗苦读，为的就是"习得惊人艺，售与帝王家"，实是可惜了这满腹经纶之才。正在他彷徨无计之时,忽听老管家来报:"杜平,杜少爷来访。"他只得放下满腹心事,前往客厅会见杜平。那杜平与钟馗本为同乡人士,也是一位饱学之士,平时常与钟馗诗文酬答,两人都为才俊之士,且性情相投,遂结为莫逆之交。到得客厅之上,两人互相叙礼以毕,家人捧上茶来,钟馗即问杜平道:"今日贤弟如何得闲来看愚兄。目前朝廷即将开科取士,贤弟正该在家闭门读书才是。"杜平道:"正因此事来找兄长商量,我想以兄长之高才,此次科考必能夺魁。不知兄长何时启程,小弟很想附兄骥尾与兄同行。"钟馗叹道:"愚兄正为此事发愁,朝廷取士,三年才开一科,想愚兄已年近三十,误了此科,再等三年,怕是愚兄年将老矣!"杜平急道:"兄长何出此言,难道今科兄长就不想去考了吗?"钟馗又叹道:"愚兄何尝不想去考,只是家妹年少未嫁,留在家里愚兄实是放心不下,故而想等妹嫁之后再作主张,"杜平听钟馗如此说法,也觉将少妹留于家中无人照管确为不妥,一时也觉彷徨无计,不由得低头沉思不语,想到:"我钟大哥才华横溢,英俊潇洒,朝廷取士正应取钟大哥这样的才智之士。但我钟大哥十分钟爱其妹,独留其妹于家他是万万不肯的了。莫若我代钟大哥在家照管其妹,反正我尚年轻,即使耽误一科也算不了什么。"想至此,就毅然决然地对钟馗道:"兄长不必过虑,我已决意今科不考,家妹处我可每天皆来照看,绝对少不了家妹的衣食用度,兄长尽管前去应试就是。"钟馗听杜平如此说法,自思:"方才他还说与我同行应试,听我这么一说他竟说出今科不去应试的话来,这分明是为我之故才做如此之想的。"于是接道:"贤弟莫要为为兄之事,做此不智之举。想贤弟也是才俊之士,倘进京应试,十有八九必中无疑,因为愚兄之事误了贤弟前程,你让为兄如何得安?"杜平道:"兄长不必再说,小弟主意已定,你就安心应试去吧!"无论钟馗如何推辞,杜平打定主意不变,道:"你若不去应试,我也不会前往,与其耽误两人,莫如你前往应试。"钟馗听杜平如此坚决,只得整装准备前往京城应试。

这一日,钟馗辞别妹妹,束装就道,往京城进发。杜平务要送

兄长一日之程，钟馗无奈，只得听之。向晚时分，前行经一座寺院，杜平道："天色将晚，就在此寺院之内歇息一夜吧！"钟馗说："还是再赶一程，寻一客栈安歇为好！"那杜平却百般不肯，坚持必得在寺院过夜不可，钟馗拗他不过，只得同他一同步入寺院之内。刚过山门，只见那寺院方丈早已恭候于大殿之前，与杜平施礼问候。钟馗颇觉蹊跷，想道："这分明是杜平早已预先安排好了的，否则此老僧何以会对我们如此恭谨？"但也不以为意，心想："我杜贤弟少年心性，想是又搞了些稀奇古怪的斋饭之类，想博我一乐而已。"谁知进得大殿之后，只见大殿之中正做瑜伽道场，那榜文之上分明写着："祈请魁星菩萨保佑终南书生钟馗在此科应试中，高居榜首。"到此时候，那杜平再也隐瞒不得，遂对钟馗道："小弟想此番兄长进京，以才华论必能夺魁，但那些进京举子在进京之前莫不遇庙烧香遇寺拜佛，一旦神佛保佑了那些举子，而冷落了兄长，岂不是冤哉枉也，故此小弟特设此道场，请兄长拜一拜佛，尽尽礼数，使神佛不致疏落了兄长。"那钟馗本是一个刚烈执拗之人，从不以神佛为意，认为神佛之说纯属妄谈。见此道场先是一气，继而听杜平说怕因对神佛礼数不够被神佛所疏落，更是气上加气，即指殿上神佛之像怒道："若是神佛因礼数不周就施报复，与人间赃官又有何异，此等神佛还敬他何用。"杜平连忙摆手道："兄长可别这么说，常言道：'阎王好见，小鬼难搪'，即使神佛不加怪罪，那些小鬼也会施加报复。"钟馗听杜平说到小鬼，更是怒不可遏，吼道："鬼物更是可憎，专会欺负弱小，为祸人间。若是让我碰上恶鬼欺人，我一定要生剥活吞了他。"他竟至越说越气，索性撕毁榜文，并把那诵经之僧痛打一顿。经他如此一闹，眼见此夜已在此寺安身不得，只得连夜赶路，继续往京城进发。杜平对他夜晚行路放心不下，只得继续陪他前行。那钟馗和杜平前脚刚刚踏出寺门，那些聚于道场左近的恶鬼就纷纷议论起来，齐道："本想聚此道场能够得些设祭血食，没想到这钟馗如此无礼，将祭品打踏得一塌糊涂，血食固然半点不得享受，还遭他如此辱骂，竟敢浪言要生剥活吞我们，实为可恼。"又一齐计议道："莫如我们赶到他的前面，在他前途隐蔽之所等候，等他一到，伺其不意，一齐动手把他撕了。"众鬼计议停当，即刮起一阵阴风，超越钟馗等人，在前途之上找一隐蔽之所埋伏起来。那钟馗、杜平兄弟二人哪里想到在前途之上还有如此风险，还在有一搭无一搭地议论方才庙中之事。杜平道："小弟知兄性情耿介，决不肯为应试之事求神拜佛。但小弟又怕神佛真的灵验，因而才将贤兄骗到寺庙。原想兄见小弟已做了道场，碍弟之面也会勉强对神佛一拜。谁知兄竟如此着恼，都怪小弟多事，惹兄生气。"钟馗道："贤弟说哪里话来，为兄难道不知贤弟乃一番好意吗？只是为兄向来看不惯那些僧人借鬼神之说，迷惑世人，故此气恼。"说话之间，前面已是一条山谷。当其时大唐平定"安史之乱"已二十余年，社会安定，盗贼不兴，因而兄弟二人虽夜行深谷也不以为意。谁知刚近谷底，突见十余恶鬼自榛莽中窜出，钟馗猝不及防立被掀落马下，众鬼扯臂拽腿就要将钟馗撕裂。杜平见众恶鬼要害兄长，不及细想，由路边拣起巨石向众恶鬼掷去。众鬼恐为巨石所伤，只得放开钟馗落荒而逃。那钟馗虽没被众鬼撕裂，但面容却被众鬼所毁，满面鲜血淋漓，无一完整之处。杜平不敢怠慢，急忙背起兄长，跨马疾驰，在前途集镇之上觅得一个医馆，请郎中精心为兄长医治面伤。数日之后，钟馗面伤虽已痊愈，但往日那英俊潇洒之相却不复再见，满脸凸凸凹凹甚是怕人。杜平见兄长原本极为俊美之容颜变得如此骇人，不禁泣道："都是杜平不好，致使兄长受此劫难，让兄长变成如此容颜。"那钟馗却浑然不以为意，大笑道："贤弟何出此言，男子汉大丈夫又不是羸弱女子，需以容貌悦人。人之美丑首在其德而不在其貌，想本朝则天女皇之时，那张宗昌、张易之兄弟倒是貌美如女子，但却落得个千载骂名。"杜平见他如此磊落，也就放下心来。于是兄弟二人就此分手，杜平回归故里代钟馗照管其妹，钟馗继续前行，进京赶考。

那钟馗进得京来，恰好赶上考试之期，三场下来，对自己所答试题甚是得意。此科考试的主考官，恰好正是道德文章名满天下的

韩愈和陆贽。当这两位主考官阅到钟馗之卷时，不禁眼睛一亮，拍案叫绝，遂点钟馗为头名状元。第二日，德宗皇帝设朝召见头名状元。钟馗进殿三呼已毕，德宗命他抬起头来。这一抬头，德宗所见却是一张凹凸不平之脸，不禁龙颜不悦，想道："朕开科取士，本欲选得一位英俊潇洒的风流才子，谁想这头名状元竟是如此丑陋不堪，甚为可惜。"其时朝中有一奸相姓卢名杞，最是善于揣摩德宗心思。见德宗乍见钟馗之面时，沉吟不语，脸露不快，马上出班奏曰："钟馗此人虽然才华尤佳，但其容貌如此陋怪，在朝堂之上实在有碍观瞻。请万岁除去此钟馗状元之名，另取才俊之士。"韩愈、陆贽皆曰："不可。朝廷选士，重的是道德文章，怎可以貌取人。"谁知德宗听了卢杞之言，心意已决，说道："朕观此钟馗之面，并非先天丑怪，必是后遭意外所致。就请太医院精心为他治此脸伤，俟下科再考。此科就除去他的状元之名吧！"言语说得虽很关切，但以貌取人之心却已表露无遗。那钟馗听德宗此言，不禁气愤难平，于是抗声说道："万岁既然以貌取人，钟馗也不屑去太医院就医。男子汉大丈夫若与那羸弱女子一样，以貌悦人，钟馗宁可死。"他本刚烈之士，说到做到，一跃而起，抽出殿前值班武士之剑，就于那殿堂之上刎颈而死。德宗见钟馗如此刚烈也颇为后悔，就放逐了卢杞，并追封钟馗为驱魔大神。

那唐德宗乃人间帝王，只管人间之事，钟馗刎颈而死已成鬼魂，区区一个人间帝王哪有权力管鬼神之事？故此他封钟馗为驱魔大神纯属收买人心之举，对钟馗本人并不起任何作用。那钟馗的冤魂仍一灵不灭，不往幽冥之界，却随风升起飘飘悠悠竟往天庭而去。一日，玉皇大帝驾坐金銮，把守南天门的武士气急败坏跑来报告，说南天门外有一冤魂，径闯天庭，一路往灵霄宝殿而来。话没说完，钟馗之魂已至灵霄宝殿，玉皇大帝只得问道："那无名鬼魂，你不去幽冥之界，径闯天庭，意欲何为？"那钟馗见自己竟闯到了灵霄宝殿之上，却也公然不惧，心中想道："都说这玉皇大帝掌管天上、人间、幽冥三界事务，具有无上权威，我何不就此质问于他，向他讨个说法！"想到此处，他厉声答道："看你高坐殿堂之上，想来就是玉皇大帝了。你主管三界事务，具有无上权威，却也是个昏聩之神。"殿上群神见钟馗对玉皇大帝如此无礼，齐声喝道："你这无名鬼魂，不得在此灵霄宝殿上撒野！"钟馗又怒声道："何为撒野？你玉皇大帝纵使鬼神在人间横行不法，难道还不准旁人说吗？想不到这天上人间都一样，看来良善之辈在此三界中已无立足之地了。"说完就仰天哈哈大笑不已。玉皇大帝见他说得如此激愤，笑得如此惨烈，深为其气概所折服，觉得恐怕此鬼魂所说确有根据，就责问道："你擅闯天庭，朕且不怪你。但你说我纵使鬼神在人间横行不法有何根据，不妨慢慢从实说来。如若无根无据，我即让幽冥界把你打入十八层地狱。"钟馗就将那人间之中鬼神仗其无影无形之便，如何先是造成世人对其恐惧；然后又借人之恐惧心理迫使人们立庙建寺，并得经常对其供奉，从而不劳而获；再后则是遇谁家有事，趁火打劫，如若此家能够设祭敬鬼敬神，就帮助这家消灾消祸，若此家不设祭敬鬼敬神，则降祸于此家；以及自己所遭所遇一一对玉帝细说明白。随即又质问玉帝道："你说，这些鬼神所作所为与人间贪官何异？你高坐于殿堂之上，对此不闻不问，又与人间昏君何异？"玉帝被钟馗问得无言以对，即命太白金星速到人间察访，看此鬼魂所说是否为实？不消一刻，那太白金星回来奏道："老臣所见，人间一些散鬼散神确实与这位鬼魂所说无异。但那些鬼神都在天庭之上没有册籍，犹如人间的盲流，也就没有哪路大神去严加管理。"玉皇大帝听太白金星如此汇报，就说："这些鬼神虽不在册籍，但人世间何以知道哪些在册哪些不在册，他们所作恶事，自然都被记到我们天庭头上了。今后对此类鬼神亦要严加管理。我看这位钟馗自有一股凛然正气，就如他生前所愿，任命他为翊圣除邪雷霆驱魔帝君，允许他遍行天下。见有不法之恶鬼，即可生剥活吞。"自此之后，这钟馗就遍行人间，带领含冤、负屈两位将军，由奈何桥守桥小鬼所化的蝙蝠领路，在人间到处捉拿恶鬼，行侠仗义。

如此过了二年，钟馗忽然想道："家中弱妹虽托好友杜平照料，

但还没出嫁，终是不了之局，莫若将妹嫁与杜平，也可了却一桩心愿。"于是就托梦于杜平，让他准备在除夕之夜与妹完婚。

　　再说杜平自钟馗走后，悉心照料其妹，后听说钟馗自刎于金殿上，痛不欲生，从此绝意科举，誓不做唐朝之官。此时得钟馗所托之梦，心喜兄长已死后为神，就马上将此讯报于钟馗之妹。不想那钟馗之妹也得同梦，于是两人就按钟馗梦中所嘱，在除夕之夜举行了婚礼。婚礼之时，只见天空祥云缭绕，钟馗高立云端，左有含冤右有负屈，前有蝙蝠，一副威风凛凛之相，全不似在人间做秀才之态。参加婚礼之人见钟馗如此威仪都仰羡不已，杜平与钟馗之妹急忙跪倒行礼。只听那钟馗说道："敬谢诸位乡邻参加吾妹之婚礼。杜平贤弟，你我情同手足，望你婚后善待吾妹，以释为兄之怀。"说完即见蝙蝠前引往南而去，俄顷不见。自此，人们见到蝙蝠即认为大吉大利，意味有蝙蝠前引，钟馗必在附近，有钟馗在就不怕恶鬼为祟了。钟馗从此也就威名远扬，做起捉鬼的神仙。

第四章

智慧故事篇

　　智慧是一个十分古老的概念，但这并不妨碍它作为一个时尚话语。智慧可以深化于哲学、诗化于文学、雅化于艺术，还可以俗化于科学技术和民间生活。

　　智慧故事正是根植于生活，最能体现出生活机智的一面。懂得生活的人，往往是有智慧的人。

智慧故事篇

曹冲智救人

三国时候，魏、蜀、吴争雄。当时魏国丞相曹操，治军有方，对下属要求非常严格，对犯过失的人，常加以酷刑。

据说曹操一生征战，对自己的马鞍特别爱护，每次打完仗回家，他怕弄坏马鞍，就让库吏放在仓库里保管起来。这一年好长时间没有打仗，马鞍放在仓库里没用，库吏突然发现那马鞍被老鼠咬破了。库吏急得直想自刎，心想事情被曹操知道了，弄不好自己就有被处死的危险啊！库吏惊恐万分，苦无良策。思前想后，他决心把自己捆绑起来，主动去曹操面前请罪。正当那库吏痛苦不堪的时候，曹操的小儿子曹冲跑到库房边来找库吏玩。他见库吏满面愁容，便问道："你有何心事，为什么发愁呢？"开始，库吏只支支吾吾不敢直说，曹冲却一个劲儿地追问。库吏心想，纸里包不住火，反正这事迟早要被知道的，索性就把事情的原委全部跟曹冲说了。曹冲听罢，眨了眨眼睛说："不要害怕，你又不是故意毁坏的，老鼠咬坏了东西也是难免的。你尽管放心，等到后天中午事情会平安地过去的，我敢保证。你先不要到父王那里去请罪，也不要声张出去。"接着，曹冲又凑到库吏耳边低声说了几句话，就回家了。

次日，曹冲趁身边无人时，用小刀把自己的一件单衣割了几个小洞，弄得跟老鼠咬的一样。

第三天中午，曹冲见曹操正心闲无事，就赶忙穿上那件破衣服，装出极不快乐的样子，来到了父亲面前。曹操见自己心爱的小儿子有点闷闷不乐的神色，就问他是不是有心事。曹冲扑到父亲怀里，指着自己衣服上的破洞说："俗话说，谁的衣服被老鼠咬破了，谁就要倒霉运。昨晚我的衣服被老鼠咬破了，所以心里很不痛快。"曹操听了，笑着安慰曹冲说："这都是些没有根据的说法，不要信它。好孩子，高高兴兴地去玩耍吧，别再为这事担心了。"

　　曹操刚说完话，那库吏就手捧马鞍，诚惶诚恐地走了进来。他跪倒在地上声音发颤地把马鞍被老鼠咬坏的事禀告给曹操，请求曹操处罚。曹操听了库吏的话，不但没有怪罪他，反而哈哈大笑着对库吏说："小冲儿的衣服放在身边尚且被老鼠咬破，更何况那放在仓库里的马鞍呢？回去吧，今后看管库房时小心些就行了。"曹操做梦也没想到这是曹冲的"诡计"。

智慧故事篇

假戏真做

　　海瑞是明朝时著名的回族清官,他在淳安县当县令时发生过这样一件事。有一天,浙闽总督胡宗宪的儿子带着一帮人到淳安县来闲逛。海瑞嘱咐管接待的冯驿丞说:"按照朝廷的章程,本来不应该接待,不过他们既然来了,就让他们住下,一日三餐就行了。如果他们仗着胡宗宪的权势,无法无天,你们要及时告诉我。"

　　胡公子在淳安县住下后,穿上华丽的衣服,东游西逛,横冲直撞,调戏妇女,惹是生非。开饭时,一看没有摆下酒席,他就大发雷霆:"这种东西是请我吃的吗!"伸手把饭桌掀了。冯驿丞气愤而又小心地说:"这饭菜比我们'海大人'吃得好多了。"胡公子一听"海大人"三个字,更是火冒三丈,破口大骂:"哼,想拿小小的七品芝麻官吓我,告诉你,我是胡总督的公子,知道吗?"并叫他的人把冯驿丞捆起来,乱打了一顿。

　　海瑞知道了这件事,立即叫几个衙役把胡公子一伙一个个绑起来,押到县衙门海瑞升堂审案。胡公子蛮横地说:"我是胡总督的儿子,你不要有眼不识泰山,要让我爹知道了,你别说丢了头上的乌纱帽,怕是性命也难保。"海瑞心里想:"真是有什么样的老子就有什么样的儿子。胡宗宪仗势欺人,营私舞弊,儿子就目无法规,胡作非为。"可他嘴上却和气地说:"你可知道朝中严嵩太师曾夸奖胡大人奉公守法吗?"胡公子一听更神气了,说:"你既然知道我父亲是个大清官,就该马上松绑,摆宴赔罪。""赔罪,胡大人既是大清官,你是他的公子,又没有一官半职,怎么能带这么多人出来胡作非为?你哪一点像胡大人!"海瑞气愤地说,"你老实说,你是哪家的恶少,竟敢冒充胡大人的公子,败坏胡大人的名声?你受谁指使,从实招来。"说罢,海瑞将惊堂木一拍,喝道:"左右衙役,将这歹徒痛打四十大板!"一声令下,只听噼噼啪啪一阵响,胡公子被打得龇牙咧嘴,来回翻滚,像猪似的嚎叫。有一个胡宗宪的家奴,为了讨好胡公子,对海瑞要挟说:"我们随公子出游,总督大人还写了亲笔信,可不是冒充的。胡大人要怪罪下来,怕你后悔也晚了。"海瑞一听,又把惊堂木重重地一拍,说:"你们好大胆,还敢假造胡大人的信件,再重打四十大板"胡公子一伙,吓得魂不附体,跪在地上,磕头求饶。海瑞看看他们个个丑态百出,就叫住手,把这伙胆大妄为的"游民"都关进牢房。

当晚,海瑞给总督府写了一个公文,说明淳安县查办了一起冒充胡大人亲属的案件,特别提到这伙歹徒伪造了总督府的朱印信件,要求严加惩办。接着就命人带着公文,押着犯人,连夜解往总督府。

把胡公子一伙押走后,县衙门的一些官吏告诉海瑞,这胡公子的确是胡总督的儿子。海瑞说:"正因为这样,我才说他是假冒的,要不,怎能惩办这伙歹徒,这四十大板也就打不成了。"官吏们听了,个个钦佩"海大人"的智谋,可又为他捏了一把汗。再说胡公子回到总督府,像得了救似的,要他父亲狠狠地治一治海瑞。总督夫人看见儿子被打成这个样子,痛哭流涕地威逼丈夫:"你还是个堂堂总督,亲儿子让个芝麻官打得死去活来,你要治不了海瑞,看往后你的脸往哪搁!"胡总督看过海瑞的公文后,气得嗷嗷直叫,但又无可奈何。他对夫人说:"海瑞太厉害了,他说他罚办的是一帮游民,是流氓无赖。要是说穿了,就是自己打自己的耳光;要是不说穿,儿子白白受了冤枉。"

智慧故事篇

蛮横财主遭戏弄

　　有一年春天，解缙为了早点赶到先生家上课，就穿小路从一个财主家的油菜田埂上走过，谁知被财主看见了。财主叫家丁把解缙拉住，问道："你为什么要从我的油菜田埂上路过？"

　　解缙说："这里不是有路吗？""有路也不许你走！"财主说罢，抬手狠狠地打了解缙一巴掌，打得解缙的脸火辣辣地疼，但他也没哭，咬咬牙走了。

　　过了几天，解缙想了一个戏弄财主的办法——有天下雷雨，解缙用锅底灰把脸糊得黑黑的，活像个夜叉，然后偷偷走进财主的油菜田边，跪在那里。不一会儿，一个过路人看见了，好奇地问："你这个小孩子，怎么跪在这里？"解缙摇摇头，没有回答。那人走近一看，见解缙满脸漆黑，双眼发直，吃惊地问："你，你这孩子怎么了？"解缙抬眼望了望过路人，好半天才慢吞吞地说："我……我被……雷打了，起……起不……来。"

　　过路人见这孩子呆头呆脑的，就到村里把消息传开了。人们听说有个孩子被雷打了，脸像夜叉，跪着不起来，纷纷跑来看稀奇。不一会儿，就来了几百人，在财主油菜田里挤进拥出，把3亩田的油菜踩成了泥浆。

　　财主见了心疼得要死，气得捶胸顿足，可是无计可施。

智慧故事篇

毛遂自荐

公元前260年,秦、赵长平一战,赵国四十万人马全军覆没,主将赵括也被乱箭射死。强悍的秦军长驱直入,公元前257年,秦军又率兵重重包围赵国首都邯郸。

赵国危在旦夕,赵孝成王焦愁万分,急忙委派他弟弟平原君到楚国去商讨救兵。赵国存亡,在此一举。

事关重大,平原君准备带二十个最精干的文武官员同往。他在自己的数千名门客中横挑竖拣,只选中十九名,还差一人,却再也挑不出来了。

这时候。有个名叫毛遂的门客站出来,对平原君说:"请让我跟您同去吧。"

平原君对这张面孔很陌生,问:"先生来我门下几年了?"

"三年了。"毛遂回答。

"三年?"平原君摇摇头说,"不行。一个有才能的人处在世上,就好比把锥子装进口袋,立刻可以看到锥尖从袋里钻出来。你来了已经三年,可是我从来没有听见有人称赞过你,可见你不够优秀,没有什么本事。你不能去。"

"不对!"毛遂争辩道,"我从来就没有能够像锥子那样放进您的口袋里。要是早就放进口袋的话,我敢说,不光是锥尖露出口袋,就连整个锥子都会像禾穗一般挺出来。"

平原君想想,觉得毛遂的话也有道理,就决定带他去了。同行的十九个门客,一开始都很轻视毛遂,但在一路的交谈中,他们才发觉毛遂是一个不平凡的人。

果然，当赵、楚谈判陷入僵局的时候，毛遂冒着生命危险，手按宝剑，挺身而出，在盛气凌人的楚王面前慷慨陈词，申明大义。他凛然的正气使楚王惊愕，精辟深刻的分析使满朝王臣莫不叹服。毛遂打开了新的局面，促使楚王和平原君当场缔结盟约。不久，楚国和魏国的援军两路进击，终于解开了邯郸之围。

　　事后，平原君感慨地说："毛遂以三寸之舌，胜百万军队，他一到楚国，我们赵国的威望就大大提高。我观察的人才不算少了，但竟然错看了毛遂。"

　　不要总是等着别人去推荐，只要有才干，不妨自己主动站出来，作出自己应有的贡献。

智慧故事篇

"书童"画竹

李鲤和郑板桥是清朝名满江南的大画家。有一次，他们一起结伴游镇江。金山寺的大和尚只知道李鲤来了，他哪里知道大名鼎鼎的郑板桥也一块来到了镇江，他便只给李鲤发了请帖。

李鲤接到请帖非常骄傲，望望坐在身旁的郑板桥，笑嘻嘻地说："你名气没我大，你看我一到镇江，人家就来请我了。怎么样，明天，你就看我一个人去吃素菜？"郑板桥看李鲤两眼放光，一脸得意的样子，脱口说道："明天我也去。"李鲤说："咦！人家请的是我，又没请你，你好意思去吗？"郑板桥笑笑说："我比你年轻，明天我做你的书童，不就能一起去了吗？""嗯，好！这个办法好！"李鲤一听，高兴得连连点头，"郑板桥给我当书童，多有身价呀！"

第二天，李鲤在前，打扮成书童的郑板桥在后，刚乘小船过了江，大和尚已在寺院的门前迎他们了。大和尚双手合十，陪着李鲤进了客堂，小和尚陪着扮"书童"的郑板桥。当即，茶啊，点心啊，全送上来了。李鲤心里想，他找我不会有其他事，总是想要些字啊画的，便开口说："大和尚，你可准备好纸啊？""这个，小僧早已备好。"说着，就把李鲤引到客厅。门一开，只见桌上文房四宝：笔啊，墨啊，砚台啊，宣纸啊，摆得整整齐齐的。李鲤看了看郑板桥，心里想：你想吃素食呢？今天就让你出出丑，叫你给我掌墨。便说："书童掌墨。"什么叫"掌墨"呢？古时候，书法考究，要把字写得龙飞凤舞，总要书童用手托着砚台，跟着写字人的笔锋走，字写到哪儿，砚台就跟送到哪儿。郑板桥一听要他掌墨，生气极了，他想：我装一个书童嘛，不过是开个玩笑，你当真把我当书童使？他想不

干，又不便开口，只好忍气吞声，托起了砚台。李鲤微笑着把笔在砚台上蘸蘸，摆开架势，刚要下笔，只见砚台从郑板桥手中一滚，掉在宣纸的正中间。"咕溜溜"地直往纸角上滑……李鲤一见，好端瑞的一张桌面大的宣纸，从下端向上角染了墨黑墨黑的一大条。再加上砚台在上面颠啊颠的，这条墨杠儿，断断续续，真是"乱七八糟，一塌糊涂"。李鲤的脸气得像个紫茄子。他把笔一摔，对着郑板桥气呼呼地说："你写吧！""我写！"郑板桥微微一笑，看看急得满脸通红的李鲤，又看看宣纸，笑笑说："我不写，我画。""你画？我看你画！"李鲤心里说："这张宣纸染成这个样子了，倒看你怎么画？"

此时，郑板桥毫不客气地拿起笔来，蘸了些墨，就在宣纸上认真画起来。大和尚急坏了，因为这张宣纸，是派人从安徽宣城定做的大开张，现在让这小书童泼了一下子墨，怎么办？主人不画，书童充能手？他想上前阻挡，但看看李鲤并不吱声，自己也不好发火。这个"书童"着实厉害！只见他三上二下，在断断续续的墨线上勾勾、画画、点点、戳戳。哎！"大黑杠子"竟变成了一丛墨竹，清秀挺拔，像真的一样亭亭玉立在眼前。大和尚脱口而出："妙哉！妙哉！好一幅竹！"只见"书童"不慌不忙又从口袋里掏出一枚玉章，在下款盖了一下，再望望鲜红的方印是"郑板桥"三个字，大和尚惊呆了。他万万没有想到站在面前的竟是赫赫有名的郑板桥，于是连忙双手合十，接二连三地直打招呼："贫僧不知先生驾到，望先生不要在意。"说着，忙喊小和尚"泡茶"、"泡好茶"！

这时，郑板桥悄悄地对李鲤说："怎么样，你看大和尚请我了。"李鲤这才醒悟过来。原来，郑板桥是有意把砚台弄翻，他心里对郑板桥一百二十个敬佩。随即，大和尚又请李鲤题字。传说，这幅画解放初期还保存在镇江金山寺呢。

智慧故事篇

田文谏父

齐国宰相田婴，是齐威王的小儿子。他有个儿子叫田文，是五月五日生的。田婴认为这个出生日子是不吉利的，就对田文母亲说："把他扔了！不要养他！"但田文的母亲却偷偷地将他哺养。

一天，田婴看见田文，就大骂妻子道："谁让你养大他的？"田文的妈妈吓得不敢讲话。田文向父亲叩头后问："父亲大人，您为什么不让养五月五日出生的孩子？"田婴说："五月五日出生的孩子，会长到大门那么高，将来对父亲不利！"田文又问父亲："人的命运是由天支配的呢，还是由大门支配的？""这……这……"父亲被问住了。田文接着说："人的命运，如果由天支配的话，父亲何必忧愁呢？如果由大门支配的话，可以把大门开高些，谁能长得那么高呢？"

过了些日子，田文问父亲说："儿子的儿子，叫什么？"田婴答："孙子。""孙子的孙子，叫什么？""玄孙。"田文追问："玄孙的孙子又叫什么？"田婴答："这我就不知道了。"

田文紧接着说："您在齐国受重用，当了宰相，历经三位君王，齐国的疆域并没变大，但是，您私人的财富却积累了万金，幕僚之中一个贤人都没有。您后宫的人身穿绉纱细绫，可是一般才士，连粗服也穿不上；您的仆妾有剩余的饭菜肉食，而一般才士，竟连糟糠都吃不饱。现在您尽力地积蓄贮藏，想把它留给您方才所说的那不知道的孙子、玄孙和玄孙的孙子，却忘掉国家的政事一天比一天地败坏了，我真觉得好奇怪呢？"田婴听了，觉得儿子十分明事理，将来一定是有用之才。从此之后，开始喜欢

他了。

后来，田婴派田文主持家事，接待宾客，田文的名声也逐渐传开了。田婴死后，田文继承父亲做了薛公，他就是孟尝君。

小孩观察问题的眼光很独到，有时真理往往就在他们那里。

智慧故事篇

西施巧计送地图

春秋时候，越王为了洗雪"会稽之耻"，大夫范蠡忍辱负重，亲自将西施送给吴王做小老婆。西施在吴王身边，一住就是10年。她听说越国将兴兵伐吴，就千方百计搞到了一张吴都姑苏的城防图。可是这王宫里面，戒备森严，只有吴王才能自由进出。到手的地图，却无法送往越国，西施心急如焚。西施苦思了七天七夜，饮食无味，眉心紧蹙。吴王见了，担心地说："美人啊，什么事情使你这样忧心忡忡？寡人陪你采莲去。"西施摇摇头，说："臣妾懒得去采莲。"吴王更担心了，说道："唉，你如此闷闷不乐，难道又病了不成？"听到"病"字，西施便有了计策。她随即以手捧心，顺水推舟道："大王，臣妾确无忧闷事，只是不知为什么，近来又常胸口疼。"吴王一听慌了手脚，马上下令，召来最好的御医。西施服的药越多，"病"越重。吴王没了主意，对西施说："有谁能治好你的病，寡人情愿让他半壁江山。"西施娇喘吁吁地说："只有一个人，他是我的堂伯施老医生，只有他能治好我的病，他住在苎萝山上。臣妾儿时的胸口痛，一吃他的草药，病就好啦。"吴王马上派出特使，昼夜兼程赶往越国，直奔苎萝山。

施老医生一听西施病重，忙带了草药，立即启程。到了娘娘宫，跨进椒花房，马上给西施看病。西施设法支开宫女，向施老医生讲明了装病请他的缘故。她拿出地图，将它反折，做成一朵白花。然后亲自送他出了内苑。施老医生手持白花，告别西施，正要跨出内宫大门，突然，伍子胥迎面走来。"站住！"伍子胥拦住了去路问，"干什么的？""给娘娘治病的。""既来治病，为何这么快就走？"

"娘娘乃思念其父，积郁成疾，现已对症下药，三日之内，保能痊愈。"伍子胥无话可说，要检查他手上的白花，施老医生不肯，伍子胥一把抓住施老医生就要夺花。西施见势不妙，忙掀帘而出，故意生气地说："伍相国，难道臣妾送给先生的礼物，你也要检查?"伍子胥十分尴尬，连忙答道："不不不，如果此花是娘娘的，不看也罢。"施老医生刚要走，可吴王突然来了。伍子胥急忙上前说道："大王，老医生说要回越国。臣认为，娘娘的病只有他才能治好，所以应该把他永远留在宫中，这样就不怕娘娘的病再发作了。"施老医生听了，就说："因为小人来时匆匆忙忙，当地草药没有多采，药箱也没带来，若想保证娘娘的身体永远安康，就得让小人回家把这些东西取来。"吴王听了，觉得他说的有些道理，就说："好啊，快去快回，多带些起死回生的药来。"圣旨一下，伍子胥只得眼巴巴地看着施老医生大摇大摆地走出王宫。

半个月后，范蠡收到了西施送来的地图，立即改变了作战计划，率军直捣姑苏，终于消灭了吴国。

智慧故事篇

小区寄智勇斗歹徒

唐朝时候，在郴州地方有一个少年英雄叫区寄，他的许多英雄事迹为人们所传颂。一天清晨，小区寄告别了父母，进山砍柴、放牛去了。区寄把牛放到草地上吃草，自己跑到小树林里砍起柴来。

中午时分，区寄已经砍了高高的一堆柴火。突然，树林里一声怪叫，窜出一高一矮两个强盗。高个子手持一把亮晃晃的尖刀，恶狠狠地说："小东西，跟我们到集上走走！"还没等区寄明白过来，矮个子早一脚将他踢翻在地，反背双手绑了起来，嘴里塞满了破布。

在离这儿四十多里远的地方，有一个暗地里买卖孩子的黑集市。区寄被两个强盗劫持到离集市还有十多里路的一座荒野古庙前。他的心里急得就像热锅上的蚂蚁，时刻都在想着逃跑。两个强盗坐在庙前的古树下拿出酒来歇息，区寄故意装出非常胆怯的样子，坐在地上全身不住地发抖。强盗们看他吓成那个样子，就放心地喝起酒来，不一会就酩酊大醉了。高个子扔下酒壶，看看天色不早了，同矮个子说了几句话，便摇摇晃晃向庙后走去。矮个子拔出尖刀，往树上一戳，对着区寄粗声粗气地说："你不准动，要是不老实，我就宰了你！"他看区寄低着头，仿佛真的顺从了，就坐在树下往后一仰，呼呼地睡去了。区寄斜眼一看，动手的时机到了。他悄悄爬起来，把反绑的双手贴紧刀刃，嚓嚓几下便将绳子割断。他立刻从树上拔下尖刀，一下子刺进了强盗的喉咙。正在这时，高个子恰恰从庙后转出。他一看同伙被杀死，大吃一惊，抓起刀子，一步跳到区寄的眼前。区寄急中生智，大声喊道："请不要发火，我这都是为你好。原来，我是属于你们两人的，现在属于你一个人了，难道你不

应该感谢我吗！"高个子想："对呀！杀死矮子，孩子卖了，钱不是全归我了吗？他帮我除掉矮个子，真是一件好事呀！"想到这里，他收起尖刀，又把区寄反绑起来，向集上走去。

天黑下来，集市早已散尽，高个子强盗只好带着区寄找到一间破房子住下来。夜里，区寄突然被一阵鼾声惊醒了。他又饿又乏，睁眼一看，高个子强盗已经像死猪一样睡着了，桌子上的小油灯还在发出微弱的光亮，区寄灵机一动，立刻爬上桌子，把反绑的双手，伸向那微弱的火苗、火舌燃着麻绳，无情地炙烧着区寄的手腕。他忍着钻心的疼痛，一声不响，终于把双手挣脱出来。他跳下桌子，蹑手蹑脚地走到强盗跟前，从他腰间抽出尖刀，用力一刺，插进强盗的胸膛。强盗惨叫一声，便呜呼哀哉了。区寄放下心来，他看着周围破旧的屋子，伤心地哭起来。左邻右舍被惊醒后纷纷赶来，区寄向他们一一讲述了事情的经过。

小区寄智勇杀二贼的事迹，很快传遍大江南北。远近的老乡们都来到他家里祝贺，有人还送来牌匾，上刻"少年英雄"四个大字。

自此，敢于同强盗作斗争的人越来越多了，盗卖儿童的现象也逐渐消失了。

智慧故事篇

小县令智断奇案

　　唐朝的时候,有个精明能干的县令叫张贺,年龄大了,要告老归乡。按照当时的风俗,由他的儿子张清接替他的官职。张清只有16岁,虽说他从小帮助父亲理事,得到不少锻炼,不过毕竟年龄太小,不懂事。张贺很不放心,对儿子又叮咛又嘱咐。上任的时间到了,张清告别了父亲,带着几个侍从,到寿春去当县令。张清到达寿春的第二天,就有两个人来县衙告状。张清细细地读完状纸,不禁为难起来:两张状纸上写的是同一件事,但是各说各的理。看来这案子不易判决。一张状纸上这样写着:本地开豆腐店的小三子,有个两岁的儿子,长得十分聪明可爱。三年前的元宵节晚上看灯时,儿子走丢了。去年的春天,他到西郊收豆腐钱,发现自己的儿子在本县财主吴老七家里。小三子向吴老七索要儿子,吴老七死活不给。另一张状纸是吴老七的。状纸上面先是写他妻子生了个儿子,模样非常可爱,天资如何聪慧;然后又说,小三子在收豆腐钱时,看中了这个孩子,妄图占为己有,最后告小三子企图强占他人亲生骨肉。

　　前任县令曾传讯过小三子、吴老七两人的邻居,也传讯过那个孩子,但弄不清事实真相,便作为疑案存档,推给新任县令去办。新县令张清上任了,于是他们二人又来告状。"青天大老爷呀,小人的苦命,儿子被人拐了。"小三子凄楚地哭诉着,说完愤怒地看着吴老七。"他是敲诈!"吴老七申诉,"他竟敢冒认我的子,如果不从严治罪,王法何在?""大老爷,小孩实为小人之子。"小三子乞求道,"老爷明察,将小孩判还小人!""启禀大人,小孩确系小民妻室亲生!"吴老七赶紧申辩。两人针锋相对,唇枪舌剑争执不下。张

清听着两人的争执，同时思考着对策。

张清连声吩咐："快去吴老七家中，将那孩子抱来。"孩子抱来了，果然长得可爱。

小三子、吴老七和县衙那些当差的，静悄悄地等候县令审案。想不到，张清开口说道："你们先回去吧，改日审理。孩子留下，由本官护理。"满堂的人丈二和尚摸不着头脑。张清不动声色退堂后，吩咐亲信随从将那个孩子送到可靠的人家照看，让孩子吃好睡好，叮咛要严加保密，绝对不准走漏半点风声。半个月过去了。这一天，张清又升堂审案，传讯小三子和吴老七。张清装出很严肃的样子，对小三子、吴老七说道："此案已无法断清，那孩子突患不治之症不幸身亡！"小三子听说孩子死了，悲痛欲绝，痛哭不已，全身哆嗦，昏死过去了；吴老七却掩面干号，装模作样长吁短叹。谁真谁假，一清二楚。众人都为张清的判案方法拍手称绝。

第五章

友爱故事篇

朋友之间的感情是世间最可贵的东西。这不是富贵对贫穷的怜悯,也不是文明对愚昧的同情,而是个人及家庭之间真情延伸之后产生的感情。这种友情经过了漫长的时间和各种艰辛的考验,是极有分量和价值的。

友爱故事篇

顾炎武与庄归

"天下兴亡，匹夫有责"，这发人深省、促人奋进的豪言壮语，出自谁人之口呢？他为什么会发出如此高昂的论调呢？

"痛、痛、痛，痛的是十七载天子横尸长安道！"这又是谁的悲怆呼号呢？这横尸长安的天子又是谁呢？

在明末清初的那段时间里，有两个人被称之为"庄奇顾怪"。这又是为什么？下面就让我们从当时的历史背景来认识这两个人物吧。

明朝进入阉党把持朝政以后，一代明君朱元璋建立的大明王朝迅速土崩瓦解，堕入穷途末路。自熹宗（朱由校）之后，举国上下被弄得乌烟瘴气、昏庸的皇帝沉醉在糜烂的宫廷生活中不问朝政，不思改革，以致大权旁落，奸臣当道。以魏忠贤为核心的奸佞小人，附膻逐腥，纷纷挤上了窃权弄柄的政治舞台。他们妒贤嫉能，玩法营私，罗织罪名，把一批批贤能名士、忠臣名将排挤下去，以致有的被罢官，有的被处死。于是忠言阻塞，良计难谋，中央集权的重心，偏离了正确的航道。就在这内耗日益加剧的情况下，努尔哈赤迅速崛起，搅得关东地区天翻地覆，其威力直接威胁到关内的安宁。全国各地老百姓在连年的灾荒和各级地方官吏的残酷压迫勒索下，也纷纷揭竿而起，农民起义的烽火熊熊燃烧起来。以李自成、张献忠为代表的起义军，更是所向披靡，把整个明王朝置于火山口上。目睹国将不国的朝政，江南名士振臂而呼，于是，就有了与阉党抗衡的"东林党"的诞生。他们反对矿监、盐监的掠夺，主张广开言路，实行改良。却遭到了权贵们的仇视。东林党人杨涟、左光斗因弹劾魏忠贤而被捕，与黄宗素、周顺昌等一起遭到杀害。以后，阉党又以"梃击、红丸、移宫"三案为借口,打击东林党,更唆使其党羽作"东林党点将录"等文件,想把东林党人一网打尽。直到天启七年(1627年)思宗(崇祯)继位,逮捕魏忠贤,将大批阉党定为逆案,分别治罪,东林党人所遭受的迫害才告终止。但等到阉党伏法之时,整个社会已处于风雨飘摇之中了。崇祯虽然使出了浑身的解数,想重振国威,但由于积重难返,已无济于事了。继东林党之后,以抵抗清军大举进攻为中心内容的"复社"成立了。他们主张改革政治,以挽救明王朝统治。就在这时局维艰的时候,志士"归奇"——归庄与"顾怪"——顾炎武,融进了"复社"的抗清救国运动中。他俩以满腔的热情,积极地参与斗争。斗争尽管失败,但他俩以一对朋友、一代文豪的伟绩在明末清初的历史上留下了辉煌的一页。

顾炎武,江苏昆山人,明万历四十一年(1613年)生,初名绛,字忠清。清顺治二年(1645年)清兵南下,为敬仰南宋民族英雄文天祥的门生王炎午的忠贞品格,更名炎武,字宁人。顺治七年,为避害曾化名蒋山傭。因家乡有亭林湖,故人称亭林先生。

昆山顾氏,为"江东望族",官宦世家,至炎武父辈,家道中落。顾炎武很小时就过继给嗣祖顾绍芾,由嗣母王氏抚育。王氏受过良好的教育,非常勤奋,"昼则纺绩,夜则观书至二更乃息……尤好《史记》、《资治通鉴》及本朝政纪诸书",并经常给顾炎武讲刘基、方孝孺、于谦等人的事迹,这对年幼的顾炎武的思想产生了深刻的影响。他从小天资敏锐,七岁到私塾上学,能过目不忘。他对前朝的忠臣名将如文天祥、方孝孺、于谦等人的伟大人格,更是仰慕不已。从十岁起,他就开始读《资治通鉴》、《孙子》、《史记》,还涉及天文、地理、兵农等有用的"实学",这为他后来成为一名学识渊博的学者打下了坚实的基础。

归庄,一名祚明,字尔礼,又字玄恭,号恒轩,昆山人,与顾炎武是同乡。散文家归有光是他的曾祖父,归氏一门家学深远,归庄自幼受到了良好的家庭教育,从小就博览群书,下笔成文。其文

章有一种"波澜老成,傲然不拔之概"。因而,人们称其"文辞书画,奄有众长"。

顾炎武与归庄既是肝胆相照的朋友,又是恩德相结的同乡。明朝覆灭之后,清人的肆虐暴行激起了广大人民的反抗,也使这两位朋友的手拉得更紧了。到了顺治二年五月,清军渡过长江,占领南京。接着,又围攻江阴,所到之处,烧杀掳掠,无恶不作,并强迫人民雉发易服,改变民族习俗。清兵的野蛮行径,严重地破坏了生产力的发展,激起了人民的愤怒,各地纷纷掀起反清的怒潮。面对这种形势,顾炎武发出了"天下兴亡,匹夫有责"的呼声。于是,这对朋友和许许多多的有志青年,都自觉地站到了斗争的前列。他们先在苏州发起战斗。六月,起义军杀掉了清朝派来的新知县,烧掉了清朝的官衙,迎回原来的县令杨永言,封闭城门,抗击清军。这场自发组织的昆山保卫战,最后虽然以"缺少支援,寡不敌众"而告失败,但在重重包围的血雨腥风中,他们不屈的气节,成为这支抗清队伍共同斗争的动力,顾、归二人冒死抗争的风范,成为全城效法的榜样。昆山之战的悲剧,也使这对朋友的灵魂得到净化和升华。在复明无望的情况下,他俩又走向潜心学习的道路,并且发誓不做清朝的官吏。

在抗清斗争中,顾炎武的家庭惨遭横祸,两个弟弟死在清兵的屠刀下,生母也被折断了左臂,嗣母绝食而亡,以身殉国,临死前还告诫他"无为异国臣子,无负世世国恩"。这一切,激发着他的抗清斗志。以后十余年中,他常往返于大江南北,联络抗清志士,进行着隐蔽的抗清活动。这期间,他屡遭迫害,还被关进了监狱,几乎送命。面对清政府的高压政策,面对险恶的社会环境,顾炎武感到无法在江南活动下去,便作出了"浩然山东行"的决定。一面继续抗清,一面开始了他后半生的北方治学生涯,对宋明以来的唯心主义理学,举起了批判的大旗,从而在我国古代哲学思想史上赢得了应有的地位。

昆山之战失败后的归庄,同样走上了多舛的生活道路。年轻力壮的哥哥战死在史可法坚守的阵地上，年老的父亲悲愤而死。昆山被攻破时，清军屠城四万，他的亲人多死于屠刀之下。他和顾炎武虽侥幸逃脱，却只能东躲西藏，归庄还是被指名追捕的对象。因此，归庄不得不乔装僧人，流浪江湖之间。他或着缁衣僧帽，或破衣过膝，鬓发齐腮，以一壶清酒为伴。他南渡钱江，北涉江淮，或寓于佛寺，或投靠友人，放荡形骸，以诗酒酬唱，凭古吊今。有时他纵情嚎哭，人以为怪。其实，此时此刻归庄心里仍然装着的是国破家亡的现实。经过多年躲避流浪，归庄回到了昆山，但这时的"归府"已破烂不堪、茅庐柴门破不能掩，椅子破损得不能坐。除夕之夜，家家户户的大门上贴了春联，祈祷吉祥如意，而他贴的对联是"一枪戳出穷鬼去，双沟搭进富神来"，以此自嘲。他以《离骚》、《天问》那种特殊手法抒发着心中的悲愤。他对自古以来的所谓圣贤明君，无不痛加抨击，认为都是"骗呆人弄猢狲的圈套"。面对历代兴亡、沧海变迁，他痛哭流涕，尤其对明王朝的沦亡，更是"痛、痛、痛，痛的是十七载圣明天子横尸长安道"，斥责那些乌纱罩首、金带围腰的达官贵人"狗苟蝇营，还怀着几句劝进表"、"便万斩也难饶"。这首悲愤的遗民曲，在群众中广泛流传，甚至传进了清宫，顺治皇帝吃饭的时候，居然也让乐工演奏佐食。

  这对并肩战过的战友，还有过一段动人的友情。那是顾炎武深陷囹圄的时候，归庄和一批朋友四处奔波，设法营救。当时钱谦益已经投降清军，为了拯救顾炎武，几个人合谋去找钱谦益帮忙。钱谦益十分赏识顾炎武的学识，便提出只要顾炎武承认是自己的学生，便立即出面为他说话。朋友们了解顾炎武是十分鄙视钱谦益的变节行为的，但在无可奈何的情况下，只得瞒着顾炎武送了一张以"学生"为名的片子，让钱谦益高兴了一阵。顾炎武出狱后，了解到这一情况，狠狠地批评了归庄一顿，并写了一张公告，贴在通衢大道旁，声明绝无此事，反叫钱谦益感到万般难堪。归庄对好友的遇难，感同身受，才出此下策，也是不得已而为之的事。所以，顾炎武批评他，他并无怨言。在复明无望的情况下，顾炎武便把视野和精力

投向经史的研究上去,把"国家治乱之源,生民根本之计"作为终生探讨的课题而笃志于著述。而归庄则在贫病中过早地离开了人世。

当归庄病死的消息传来时,顾炎武感到十分痛苦,回首往昔并肩战斗的情景,更是悲痛难抑。于是,便在旅途中为亡友设祭,并写下了《哭归高士》四首。其中有云:

峻节冠吾侪,危言警世俗。
常为扣角歌,不作穷途哭。
生耽一壶酒,殁无半间屋。
唯存孤竹心,庶比黔娄躅。

此诗高度概括了归庄的生平以及思想精神面貌。

"归奇顾怪",是当时人们对顾炎武与归庄既有共性又有个性的总称。奇在哪里?怪在哪里?大概是指他俩不屈的战斗意志和爱国热忱,以及至死不与清人合作而放眼于未来、凝视于书卷、倾情于著述吧!归庄的《恒轩文集》、《玄恭六钞》、《归高士遗集》,以及顾炎武的《亭林遗书》、《亭林诗集》、《日知录》等浩瀚的论著、诗文,无不体现出两位哲人的共同心态。他俩在人生的旅途上写好了自己的历史,留下了闪光的脚印。

友爱故事篇

黄仲则与洪亮吉

朋友之间的感情是世间最可贵的东西。这不是富贵对贫穷的怜悯，也不是文明对愚昧的同情，而是个人及家庭之间真情延伸之后产生的感情。清人黄仲则和洪亮吉之间生死相依的一段真情，经过了漫长的时间和各种艰辛的考验，是极有分量和价值的。

《清史稿·赵翼传》里，曾提到"昆陵七子"，指的是洪亮吉、孙星衍、赵怀玉、黄景仁、杨伦、吕星恒、徐书受七人。其中洪亮吉与黄景仁两人关系特别亲密，是生死与共的知己。

黄仲则，即黄景仁，又字汉镛，自号鹿菲子，武进（今江苏丹徒）人，是北宋大文学家黄庭坚的后代，出生于乾隆十四年正月初四。他刚满四岁，父亲就去世了。他家境贫寒，是在母亲屠夫人的教导和督促下开始读书识字的。七岁那年，他认识了洪亮吉。洪氏字雅仁，号北江，阳湖（今江苏武进）人。也是少年丧父，家境贫寒，随着寡母住在舅父家里。他是在母亲一面织布一面深夜教导下，成长起来的一位学问高深、信义卓著的人。两人身世相同，而且是隔溪而望的邻居。在童年的岁月里，他俩曾涉过小溪，在柔和的阳光下、如茵的草地上，打滚嬉戏，他们或采摘野菜，或追雀捕蝶，或放纸鸢，或和着布谷鸟掠空而过的鸣叫，唱着"割麦插禾"的老调。烈日当空，骄阳似火的时候，小伙伴又相约在河港溪坝中泼水游泳、摸鱼逮虾。有时在月朗星稀的夜晚，他们来到草丛中抓捕萤火虫做灯笼，或仰望长空，探索宇宙的奥秘，共同编织着未来的梦……儿时的遭遇和处境是何等的相似，儿时的兴趣是何等的接近，儿时的感情是何等的亲切。他俩像一对亲生兄弟，伴着岁月、伴着

艰辛、伴着欢乐、伴着向往一起长大成人,但更多的时候,是在各自的母亲严格督促下刻苦学习的。黄仲则在《题洪稚存机声灯影图》中这样写道:

君言弱岁遭孤露,却伴孀亲外家居。
尘封蛛网三间楼,阿母凄凉课儿处。
读勤母颜喜,读倦母长悲。
不惜寒机杼千币,易得夜灯膏一觚。
灯火尚可挑,机断不可续。
楼风乱灯灯一粟,书声机声互相逐。

人生最美的诗篇是在一次次磨炼之后写成的。这段浸透泪水的描绘,无疑是叙述相依为命的母子图。也是对好友洪亮吉挑灯夜读的一曲赞歌,同时也诉说着自己在母亲的爱抚下学步的经历和感叹:始知阿母胜严师。

赤诚相见的纯洁友谊,是没有伪善和嫉妒的。只有追求进取的强烈欲望,支撑起共同远航的风帆。稍长,他俩就相约就读于邵齐焘先生门下。邵齐焘,字叔宝,昭文(今江苏常熟)人,曾主讲于常州龙城书院,著有《玉芝堂诗集》。当时老师称他俩人为"二俊",这对命运相同的年轻人,在学习上是相互切磋、携手共进的"比翼鸟"。这时,黄仲则比洪亮吉身体差得多,虽然还只有十九岁,却已早生华发,头白如雪。老师为了勉励他,一再叮嘱他安心养病。在《和汉镛对镜行》中,有"爱君本是金玉质,苦口愿陈药石词"之句。黄仲则十分感谢老师的关怀,他说:"我生受恩处,虞山首屈指。我愧视犹父,视我实犹子。"

在共同学习的日子里,他们经常争论不休,甚至争得面红耳赤,互不相让。这是年轻人好胜斗强的一种表现,但彼此并不存芥蒂,事后又和好如初。分别了,想起那些争执不休的问题,反而觉得有百般滋味在心头,彼此眷恋。黄仲则在《金陵待稚存不至适容甫招饮》中写道："偶时持论有龃龉，事后回首皆相思。"学习中的往事，成为相思相忆的佳话，这正是朋友之间互谅互解、弥可珍贵的话题和共有的生活内涵。

乾隆三十五年（1770年）夏天，两人相约到江宁应乡试，结果都未被录取，自然情绪低落。他们留下了"自分无才合蹉跌，深秋料理钓鱼竿"、"不知明月几时有，但见江上数峰青"、"怀人有恨苍葭白，照客无眠夜火青"。这些饱含苍凉的诗句，写出了两人仕途失意的共同心曲。

虽然这次没有考好，但两人的学习兴趣仍然很浓厚，特别喜爱《汉魏乐府》。洪亮吉不管走到哪里，都喜欢带着母亲教授的《汉魏乐府》一书，并加批其上，有时还仿做文章。黄仲则见后，也十分喜欢这本书，便相约每天读上几篇，共同玩味。两人文思敏捷，顷刻可书数百言。据说，有一次，宾客来了不少，便相约游于采石矶之太白楼，大家都吟诗作赋，以抒游兴。年轻的黄仲则穿着白色的袍褂，站在太阳下舒展才情，顷刻得数百言，令在座的宾客们都辍笔惊望。他俩学习、工作都十分勤奋，每每白天阅卷，夜晚做诗。每得一篇，便叫醒对方，共同鉴赏。如此一夜数起，是常有的事。

乾隆三十九年十月，两人又结伴前往常熟凭吊邵齐焘先生墓，在恩师的墓前共同追忆往事，共通情愫，甚是凄切。这时，黄仲则虽然还只有二十六岁，但因肺病纠缠，医治无望，坐在老师的墓旁，拉着洪亮吉的手，深情地说："最了解我的人是老师，现在他却死了。如果我不幸先死，请你把我的文稿编辑成像《玉芝堂》一样的集子，好吗？"洪亮吉认为他说的话不吉利，不愿意答应他的要求。可是，黄仲则非要洪亮吉回答不可，不然就不肯走。洪亮吉知道这是好友不堪命运摆布的渴求，只得含含糊糊地答应下来。

后来，黄仲则曾带病赴京应考，而这次洪亮吉因家中有事，没有同行，便写了几首诗为他壮行。其中有"鼠雀几时仍共穴，牛马谁信不同风"之句，流露出两心相印的感情。

乾隆四十一年（1776年），适逢清廷平定大小金川，清高宗从

木兰回来，途经天津，各省举子应试进士，黄仲则列入第二等，才得以"校录"之职供于四库馆，任英武殿书签官。之后，他又托洪亮吉抵押掉房屋田产，筹措旅费，将母亲和妻儿送来北京定居。

这一年，洪亮吉也来到了北京，起先就住在黄家，后来迁到打磨厂。在这段时间内，他们经常以诗酒畅叙友情，彼此都感到极大的安慰。之后，黄仲则养病于法源寺，洪亮吉更是经常去探望他。两人同游观光，以诗相慰。洪亮吉将赴西安任职之前，又一次去探望并告别病友。深情地留下了《将出都门、留别黄二》，其中有"才人命薄如君少，贫过中年病却春"和"期君未死重相见，与向空山证世情"之句，无限牵挂之情流露于字里行间。

洪亮吉在西安任职，黄仲则也曾到西安去看望他。肺病的加重，谋职的困难，经济上的窘迫，迫使黄仲则常辗转于旅途。当他来到运城之后，病情恶化，便滞留于河南盐运史沈业富的官邸中。此时，他已奄奄一息了。临终前，他挣扎着给母亲写了一封信。当疲惫的双眼合上以后，他还觉得有未了的心愿，便再次苦苦挣扎，写信给在西安的好友洪亮吉。

洪亮吉得信之后，立即策马东驰，一天走了四个驿站。可是，"鬼们催人兮倏不及待，一书缠绵兮尚附棺盖"，黄仲则等不到披星戴月、策马飞驰而来的故人了。黄仲则的灵柩置于一座古庙中，所有的衣物均典卖作了药费，剩下的只有狼藉几案的零星废纸和一顶破帽。萧然的晚景，睹之催人泪下，但他的诗文却十分丰富。黄仲则生命的流程，虽然是那般短促，但释放出来的能量却是无比巨大的。一部《两当轩集》，保留了他一千余首苦吟之诗。

洪亮吉哭奠亡友之后，又扶柩送归，将他安葬于黄氏先人之墓侧。他伤心地哭道："呜呼，主人与君交二十年，不见者又两年，竟不获执手之诀，亦命也。"他为黄仲则写了一副挽联：

噩耗到三更，老母寡妻唯我托。
炎天走千里，素车白马送君归。

洪亮吉在运城与盐运史沈业富交谈时说:"纵亡留母在,白头朝夕感深恩。"表示自己会像范式对待亡友张劭一样对待黄仲则的老母和妻子,尽到朋友道义上的职责。为了了却黄仲则生前的心愿,他多方奔走,筹措经费,把亡友的遗著刊印出来,用无限的真情实践了庄严的承诺。

尽管洪亮吉为亡友做了许多事,但还叨念叨:"临终驰素札,瞻岭愿归骨。置兹达士怀,慰彼遥念切。吾徒重然诺,未可异存殁",又有"病已支床还出塞,家从典屋半居舟"、"交空四海唯余我,魂到重泉更付书"之句,记述着他俩生前、死后的深情。心灵是行为的根,只有心灵纯洁,才有纯洁的语言和纯洁的诗情。洪亮吉吊念亡友的诗,无不饱含真情与追思的伤痛,他们的友谊是经得起时间和生死考验的。

友爱故事篇

寇准与王旦

"宰相肚里好撑船",是说"一人之下,万人之上"的宰相,应该是心胸宽广、极有涵养、宽宏大度的人。这样的人既不会因大事而惊慌失措,也不会因小事而耿耿于怀。

寇准(961—1023年),字平仲,北宋的政治家,下邽人(今陕西渭南),宋太平兴国时期进士。景德元年,辽(契丹)军进攻北宋时,他任宰相,反对王钦若等人南迁的主张,力主抵抗,促使真宗往澶州(今河南濮阳)督战,与辽订立澶渊之盟。不久被王钦若排挤罢相,晚年再起为相,封莱国公。天禧四年,又被丁谓排挤去位,被逐放到雷州,死于南方。

少年时的寇准,十分淘气,颇爱鹰犬,不修小节,母亲对他管教十分严厉。有一次,他又惹事了,母亲一气之下,随手扔去一个秤锤砸在他脚趾上,流了许多血,还留下了一道伤痕。从此以后,他痛改前非,认真读书,十九岁时就考上了进士。他性格豪放,大胆直言,喜欢饮酒,对人诚恳,见多识广。刚走上仕途,寇准就表现出匡时济世的才略。那时,宋太宗赵匡胤用人比较慎重,喜欢亲自看一看、谈一谈,观其行、察其言。一些年轻人由于阅历浅,往往被淘汰掉。有人建议寇准把年龄说得大一点,以便引起皇上的注意。寇准不以为然道:"年轻人中也有见识卓越者,我刚图进取,怎么可以说假话欺骗皇上呢?"可是,在与皇上谈话时,因语言莽撞,引起皇上生气了。当皇上起身想走时,胆大的寇准一把拖住皇上的龙袍说:"皇上怎么可以不听我把话讲完就走呢?"赵光义没办法,只好坐下来再继续听他讲。寇准利用这个机会,谈了许多有关国计民生的问题，句句中肯，事事关情。赵光义不但没有再生气，反而赞扬他道："我有了一个寇准，好像唐太宗得了个魏征一样。"由于得到了皇上的重视，他的才能也得到了充分的发挥。正是因为他和王旦的深谋远虑，真宗才没有听信王钦若等人的谗言，而是率兵亲征，与辽订立澶渊之盟，使得北宋在相当长一段时间内得以平安无事。

到了至道年间，赵光义想立太子，谁是最合适的人选？赵光义正患病，下不了床，急于召见寇准。见面时，还责问寇准为什么来得这么晚。这一次召见，主要是想和寇准讨论储君的问题。寇准十分坦率地说：为天下人选择皇帝，这是大事，不可以与妇人商量，也不可以与近臣商量。最好的办法是自己考虑，选择深孚众望的人才是。赵光义考虑了一会儿，悄悄地问襄王（真宗赵恒）怎样。寇准立即说："知子莫若父，皇上既然有这种考虑，就应该立即决定。"这话传出以后，人们都称赞、拥护"少年天子"。赵光义很不高兴地对寇准说："人心遽向太子，欲置我何地？"寇准高兴地说："这正说明皇上的英明，是天下人的洪福。"这时宫里的嫔妃也前来祝贺。寇准一语破的，开导了赵光义，使得父子之间的关系立即缓解了，君臣相对欢饮，不胜欣喜。

但寇准本身也有很多骄气，缺少涵养，常引起朝臣们的不满。特别是王钦若，把他视为眼中钉，一有机会，便进谗言，调唆寇准与皇帝和同僚们的关系。四川有个叫张泳的人很赏识寇准，曾这样评价道："寇公奇才，可惜学术不足。"寇准曾向张泳请教，张泳委婉地说："《霍光传》不可不读。"开始寇准还不知道这话是什么意思，当他认真读起《霍光传》时，笑着对人说道："张公是劝我不要做不学无术的人。"从此，他一有空就不忘记读书，可见他还是一个乐于接受意见、勇于改正错误的人。

王旦（957—1017 年），字子明，与寇准同为太平兴国年间进士。真宗咸平四年任参知政事，澶渊之役时，留守京师。景德三年拜相，他曾拒绝契丹、西夏钱粟之请，但对真宗搞封禅、"天书"等

活动，则从不反对，故能久安其位。他的祖辈，曾在朝廷担任过各种职务，有着较深的家庭影响。真宗时任平江县令，被赵昌言所发现，并把女儿嫁给了他。他在北宋中央权力机构中任职时间很长。许多军政要事，他都参与决策，而很少遭人弹劾。他的处世特点是，从不拉帮结派；提拔人才、委以重任的时候，从不让本人知道；事情办得不好，有人批评、议论的时候，他从不计较私愤，总是引咎自责。寇准见到皇上，总是说三道四，说王旦这也不是，那也不对。而王旦见到皇上，总是说寇准这也好，那也好。日子长了，皇上感到这种现象似乎不正常，便对王旦说："君每称其美，而彼专说卿恶，是何道理？"王旦坦然回答："理固如此，我在相位多年，自然有许多事办得不好，存在缺点。寇准在陛下面前能直抒己见，可见他是忠诚的、坦率的，他是关心朝廷大事的忠臣，这就是我尊重寇准的原因。寇准玉不掩瑕，也是我的好朋友啊！"

王旦与寇准的第一次成功的合作，发生在澶渊之盟的前后。那时辽军南下攻势凌厉，人心惶惶，有人主张朝廷西迁四川，有人主张南迁江南，皇上惴惴不安，无所适从。是寇准与王旦力主皇上亲征，寇准去前方领兵打仗，王旦留在后方保证军需，安定民心。由于两人的通力合作，终于打退了辽军的嚣张气焰，争取了澶渊之盟的订立，缓和了岌岌可危的局势。这一次合作的成功，既是政治、军事合作的成功，也是他俩忠诚相待、携手合作的成功。

有一次，中书院有个文件送到寇准那里审批。寇准发现不符合规定，便把此事反映给皇上，因此王旦挨了批评，下属们受到了处罚，还亲自向寇准致歉。不久，寇准有一个文件送到王旦处，其中印玺盖倒了，不符合规定。下属们一见，高兴地呈给王旦看，想借此来报复。王旦对下属们说："既知不是，不可学他不是。"只是叫人送过去，让其改正了事。王旦没有以其人之道，还治其人之身。这使寇准感到十分羞愧，连连说："同年有这么大的度量，我深愧不如。"王旦宽宏大度地处理这件小事，不仅使寇准认识到了自己的缺点，从此虚心向王旦学习，还加强了各部门工作的协调与团结，也加深了彼此的友谊。

寇准生性奢侈,过年、过节、过生日,喜欢张灯结彩,大吃大喝,甚至追求皇室的奢侈豪华之风。事情传到京城,皇帝生气地问王旦:"寇准每事欲效朕可乎?"王旦淡淡一笑道:"寇准是一个很贤能的人,不知有时候为什么这样呆。"皇帝一听,也释然道:"是呀,他就是多了一些呆气。"王旦轻轻一语,就保护寇准使其免去了一场灭顶之灾。这与那种见事生非,唯恐抓不到岔子的人大不相同。一语胜千钧,王旦之于寇准可谓用心良苦。

但在原则问题上,王旦决不迁就寇准。有一次,寇准因故将被免去枢密使职务,寇准托人要求王旦安排一个同级别的职务。王旦虽然很尊重寇准,但拒绝了他的要求。王旦道:"将相之任,岂可求耶!吾不受私请。"但私下又觉得寇准的确有才干,不应该屈才。当宋真宗想派寇准一个微官时,王旦说:"准有才望,与之使相,其风采足为朝廷争光。"真宗同意了他的看法,便令寇准担任武胜军节度使,同中书门下平章事。寇准入见谢曰:"陛下知臣,安能至此?"真宗告诉他,这是王旦所荐。寇准愧叹不已,深感王旦之于自己,有一顾重千金之恩。寇准贬职出京,镇守大名府时,北使明知故问道:"相公望重,何不在中书省?"寇准豪气十足地回答:"皇上以朝廷无事,北门锁钥,非准不可。"他的回答不卑不亢,真如王旦所言,是个可为朝廷争光的人。

王旦年老多病,真宗去探望他,并送给他五千两白银供他享用。王旦赶紧上表辞谢:"已恨多藏,况无用处?"结果分文未取,始终保持着清贫的晚节。一次,他跟皇上封禅回京,有一个叫魏野的处士送给他一首诗:

圣朝宰相年年出,公在中书十二秋。

两祀东封俱已了,好来相伴赤松游。

他读了这首诗后,心潮起伏,便下定决心,要求退养。他的请求得到了满足。当他病危的时候,皇上再去看他,还说,我正想以大事托你,现在你病成这个样子,叫我如何是好?万一你有什么不

幸，天下事可以托谁？王旦只是委婉地说："早日把寇准调回京城，委以重任为好。"又说，"知臣莫如君，贤能的皇帝，一定有自己的选择。"皇上提出已担任尚书的张诚与马亮作为候选人，王旦默不作答。皇上见此，便说："你提个参考意见吧！"这时王旦勉强支撑着身子，举起朝笏奏道："以臣愚见，莫如寇准。"皇上道："寇准刚毅急躁，难于团结人，你是否有更好的考虑呢？"王旦说："其他的人，我就不知道了。"王旦死后的第二年，寇准果然被启用为宰相。

所谓交友必交心，在王旦的眼里，寇准的缺点是其次的，而他的雄才大略是国家的财富。所以，王旦从不计较个人恩怨，与寇准合作得很好，两个气度恢弘，而志趣、风貌迥异的名人、名相，共同谱写了一曲和谐的友谊之歌。

友爱故事篇

廉颇与蔺相如

在浩瀚的辞海里，有"负荆请罪"、"刎颈之交"两个意味深长的成语，说的是战国时期赵国名将廉颇和名相蔺相如之间由矛盾冲突到化敌为友、共参国事、共振朝纲的故事。

廉颇是赵国杰出的将领，赵惠王时任上卿，屡次率兵战胜齐、魏等国，以勇敢名冠于诸侯各国。赵孝成王六年，秦、赵对垒于长平（今山西高平），廉颇率赵兵坚壁固守，长达三年之久，秦兵不能取胜。后来，赵孝成王中了秦国的反间计，改用只会纸上谈兵的赵括，结果赵军惨败。赵孝成王十五年，燕使粟腹率军攻赵，廉颇迎击，大败燕军，杀粟腹，遂包围燕，燕割五城于赵，方求得和解。廉颇这一系列的战功，常让人另眼相看。可是，更令人难忘的是他办了一件怪事，令人感动至今。

一天，这个年过花甲、须发花白但仍铁骨铮铮的将军，打着赤膊，令手下人用绳子把自己捆了起来，手里还拿着一把荆条，急匆匆地朝蔺相如的府第赶去。一进相府，也不顾满座宾客，就直愣愣地跪在了蔺相如面前。很恳切地对蔺相如说："我是一个庸俗卑鄙的人，想不到您是这样的宽宏大度。您就重重地抽打我吧，这样我心里好受一些。"蔺相如见此，也慌了手脚，赶忙将他扶起，请他坐下，掏心剖腹，作了一次长时间的交谈。从此，他俩结成了同生死、共患难的"刎颈之交"。那么，廉颇为什么要"负荆"去向蔺相如"请罪"呢？

金无足赤，人无完人。廉颇富有卓越的军事才能，武艺精湛，谋略超人，行军布阵，攻城略地，所向披靡。在他的统率下，向西

抗击了强秦的觊觎，向东又打败了齐国的大军，后来还攻克了魏国的防陵、安阳等地，成了威风凛凛、名冠一时的大将，使赵国军威大振。在名誉、地位面前，他有患得患失的毛病。然而，他又是一个"一念之非能遏，一动之妄能改"的人，所以他又成了历史上一个勇于承认错误、改正缺点的典型人物。

蔺相如是一个胆大心细、能言善辩、富有略谋、长于应变的外交人才。在与秦国的交往中，他不辱使命，为国争光、争利，同样立下了显赫的功勋，在历史的长镜头前，留下的是一个敢于抗强顶硬的身影。而且，他还是一个以大事为重、不计私愤、胸怀博大的名相。

一次，赵国从楚国得到了一块"和氏璧"。恃强侮人的秦国便以十五城为交换条件，想诈取这块稀世之宝。对于秦王的贪占欲，谁都了解，但为了不得罪他，也只能违心地答应。怎样不失国格、又不丢失国宝，成了赵王的心病。在这关键时刻，蔺相如挺身而出，立下"完璧归赵"的军令状踏上了西出秦国的征途。在巍峨的秦宫和威严的秦王面前，他不辱使命，以无数事例大胆地揭露了秦国以强辱弱，不尊重别国领土、主权，贪得无厌，不履行诺言的本性，彻底揭穿了秦国"以城换璧"的阴谋，并告诉秦王他已暗地把宝玉送回赵国去了，要杀要剐，悉听尊便。无可奈何的秦王对群臣们说："如果我今天杀了蔺相如，终究不能得到宝玉，反而断送了秦赵两国的友好往来，事情传扬出去，人家会说我见利忘义，不如优厚地款待他，让他回赵国去。我想赵王也不好为了一块宝玉而欺侮秦国！"蔺相如终于不辱使命，回到了赵国。赵王十分赏识他的才能与胆略，任命他为上大夫。此后，秦国既没有把十五城割让给赵国，赵国也没有把宝玉送给秦国，在历史上留下了一件公平的外交逸闻。

过了一段时间，秦国派使臣告诉赵王，想与赵王在河西渑池友好会见。赵王害怕秦国，打算不去。廉颇和蔺相如商议道："如果不去，只能把赵国的胆小和软弱显示在强秦的面前，那会有什么好处呢？"于是，蔺相如陪同赵王来到了渑池。临行前，廉颇对赵王说：

"大王此去，不会超过一个月。如果三十天不回来，请允许我立太子为王，以断绝秦国要挟的念头。而且，我要整顿好军队，部署在边界线上，以防备秦军的突然袭击。"

会见的时刻到了，当秦王喝得酒酣耳热的时候，又要起诡计来。他笑道："我听说赵王爱好音乐。请弹一回瑟吧！"赵王不便拒绝，只得弹了起来。这时秦国的御史走上前来写道："某年某月某日，秦王与赵王喝酒，让赵王弹瑟。"借以显示其高贵的地位。和谐的气氛顿时紧张起来。机灵的蔺相如压住心头的火气，走上前去说："赵王听说秦王擅长秦地的乐曲，请允许我献上盆缶，请秦王敲一敲，也好互相娱乐。"秦王很生气，拒绝弹奏。蔺相如丝毫也不让步，举起缶跪在秦王的面前道："您如果不敲，在这五步之内，我颈项里的血就要溅在大王身上了！"秦王的侍臣们要杀蔺相如。蔺相如瞪着双眼，向他们大声呵斥，吓得他们连连后退。秦王没法，只得拿起缶敲了起来。这时，蔺相如赶忙招呼赵国的御史写道："某年某月某日，秦王为赵王击了缶。"秦国的大臣们说："请赵王拿出赵国的十五个城邑向秦王献礼。"蔺相如也说："请秦王拿出秦国的咸阳向赵王献礼。"多么紧张的气氛啊，但秦王始终不能压倒赵国。这场所谓"友好"的会见，在不欢中结束了。赵国终因有廉颇和蔺相如的内外合作，稳稳地在诸侯国中昂起了头。

会见结束以后，赵王命蔺相如为上卿，职位高过廉颇。廉颇很不服气，扬言道："我做赵国的将军，立有攻城略地的大功，蔺相如只凭一席之言立了一点功，可职位在我之上，太不公平。况且蔺相如出身卑贱，我感到羞耻！"还说："如果见到他，我一定要羞辱他一番。"蔺相如听到这些话，作了一番认真的思考后，便常托病不朝，避免和廉颇见面。如果外出，见到廉颇来了，连忙掉转车子躲避。时间长了，蔺相如的家臣们很不乐意地对他说："我们离开亲人来投靠您，是因为仰慕您崇高的人格，现在您与廉将军职位相等，可是您怕他、躲他，我们实在接受不了这种羞辱，请允许我们离开您吧！"蔺相如冷静地对他们说："你们觉得秦王可怕还是廉将军可

怕呢?"大家齐说:"自然是秦王更可怕啊!"蔺相如接着说:"秦王我都不怕,怎会怕廉将军呢?我所考虑的是强大的秦国之所以不敢进兵侵犯赵国,是因为有我们两人在呢。如果我们两人争斗起来,势必不能同时生存,敌人就会乘虚而入。我是以国家急难为先啊!何必去计较这些小事呢?"这话传到廉颇耳里,他猛然觉悟到自己犯了很大的错误,便脱下上衣,露出肩膀,背上荆条,去向蔺相如请罪,并说:"从此愿结成生死之交,虽刎颈不变。"于是有人赞道:

引车趋避量诚洪,肉袒将军志亦雄;

今日纷纷竞门户,谁将国计置胸中!

友爱故事篇

王鼎与林则徐

　　生活在鸦片战争时期的王鼎与林则徐，以忧国忧民、并肩作战、至死无悔的情怀诠释着人生的价值。他俩相知、相交的经历，虽然悲怆，却可歌可泣。

　　虎门销烟以后，受到挫折的烟商、烟贩，乞求英帝国主义的炮舰政策来维护他们在中国所获得的利益，于是发动了以掠夺为目的的鸦片战争。由于清政府的腐败软弱和沿海防务的无力，形势急转直下。道光皇帝和投降派们，在坚船利炮的威胁下，都变成了狗熊，便不惜以重惩禁烟大臣林则徐并与英国签订丧权辱国的《南京条约》为代价，换取英国暂时撤军。这一饮鸩止渴、丧权辱国的做法，激起了朝野上下的反对。具有远见卓识的人，纷纷指出鸦片之害，胜于洪水猛兽，英帝国主义的无理要求，绝对不能答应；要求对软弱无能为虎作伥的投降派，必须严惩不贷。他们的意见，代表了全国人民的心声。其中内阁大学士王鼎的呼声最高，而且他以自己宝贵的生命，向清政府作出了沉痛的劝谏。

　　王鼎（1768—1842年），字定九，号省涯，陕西蒲城人。父为太学生，但没有功名。王鼎少时家贫，性耿直，崇尚气节。乾隆五十七年（1792年）中进士，选庶吉士，参加乾隆实录的编纂，不久又授编修。到了嘉庆十八年，"几十迁至内阁士"。嘉庆十年，历任工、户、礼、刑部侍郎。道光二年（1822年）署河南巡抚，擢左都御史。道光五年，任军机大臣。道光十五年授协办大学士，十八年拜东阁大学士。从职务的不断升迁，可以推知他是一位工作能力很强，又认真负责的好官员。尤其在主持河务和盐政方面，其成绩更

为突出。他是一名出色的宰相，主持户部工作十年，"综核出入"，人不敢侮。他在刑部时，清理重案三十余起，还大刀阔斧弹劾过不少贪赃枉法的官吏。总理两淮盐务时，他很快使得盐务工作有了好转。年轻时，他赴京参加礼部考试，当时的东阁大学士、军机大臣王杰是他的同乡、同族，是赫赫有名的大人物，权势很大，也十分赏识他的才华，很想笼络他，委以重任但他尽量回避，对所许封赠，坚持不受，他不愿走攀高结贵的道路。王杰也是一个深明大义的人，他不仅不责怪王鼎的执拗，反而觉得他的品质和气概难能可贵，还在人前人后说王鼎将来的名位"必继吾后"。

黄河是我国第二大河流，中游穿过黄土高原，含沙量大，水色浑黄，流入华北平原之后，水流缓慢，泥沙淤积，两岸筑有大堤，成为高出地面许多的"地上河"，汛期一到，河水暴涨，在历史上曾发生过二十六次大改道，对两岸人民为患很深，也是政府年年治理，年年难治的问题。王鼎是一个勇于挑重担的人，自愿请缨，担此重任。道光二十一年（1841年），黄河在开封决口，他临危受命，亲自赴开封指挥治河工程。这时林则徐也因鸦片事被革职，王鼎竭力保举对水利建设有丰富经验的林则徐帮助他治理黄患。于是，一对战友，在治理黄河的岁月里，加强了联系，沟通了思想，增进了感情。

开封堤溃之后，滔滔的黄水，肆意横流，吞食着人民的生命财产。两位哲人，心急如焚，全力以赴，研究对策。他们一面组织人力物力，抢修险堤险段，进行堵截；一面调集力量，观测地形，进行疏导，引流入河；一面转移灾民，安抚赈济。经过半年的努力，他们终于修复了开封段的黄河大堤这段高质量的大堤，所用时间短、质量好、花钱少，是两位哲人友谊和智慧的结晶。王鼎深知，没有林则徐的运筹帷幄和全力相助，要修成如此高质量的工程，是完全不可能的。他多么想林则徐留下来帮助自己继续治理黄河，也免得林则徐万里奔走，去新疆戍边。何况在这些抵足相处的日子里，他完全了解到林则徐禁烟无罪，应是有功之臣。在与林则徐的交谈中，他懂得了鸦片是非禁不可的毒品。林则徐采取的一切禁烟措施是完善的、稳妥的。林则徐反对英军的炮舰政策是坚定的、积极的。整个战争的失败，是清廷的麻痹大意，疏于防范，加上上下官僚患了"害洋病"，不敢振军作战，甘愿受人宰割造成的。王鼎对于琦善到达广州后撤除珠江口附近的防御工事，解散壮丁、水勇等讨好英军的倒行逆施做法，义愤填膺；对派往前线议和的耆英，嗤之以鼻；对把持朝政，权倾一时，"力言宜和"的穆彰阿，更是深恶痛绝。因此，当河务进入尾声时，王鼎就风尘仆仆赶回北京，他要向皇上面呈己见，力挽狂澜。这时，他完全站到了禁烟运动的前列，与林则徐声息相通了。

回京面见圣上，他侃侃而谈。大讲特讲禁烟的利弊，指出丧权辱国、勾结洋商、出卖国家民族利益的人，应该严惩不贷，指出丧权辱国的"和约"决不可签。可是，这时被洋枪洋炮吓得坐立不安的道光皇帝根本听不进这些逆耳忠言，竟拂衣而退，表现出不屑一听的态度。忠心不泯的王鼎，见皇上如此胆小，跑上去拖住道光皇帝的龙袍，仍进谏不止。然而，这一切对于心如死灰的道光皇帝已不起任何作用了。

王鼎回到家中，思绪如潮，在这国将不国的时候，他认定自己不能坐视不管，于是选择了"尸谏"他希望通过自己的"死"来扭转"天听"，撑起欲倾的大厦。他在自己的遗奏中阐述了许多尖锐的问题，反复地说明鸦片不严禁的危害性，反对与英国议和，请求"罪大帅，责枢臣"；对那些力主和谈，而又谈判不力的无能之辈，坚决惩处，以平民愤；对林则徐则大加赞赏，认为"革职戍边"是极不公平的惩处；他还说林则徐德才兼备，是可以倚重的有用人才，决不可弃而不用；更具体地说到"皇上不杀琦善，无以对天下；老臣知而不言，无以对皇上……"王鼎怀着无限的深情和义愤写完遗奏以后，就悬梁自尽以身殉国了。

不料，在收敛他尸体的时候，这封遗奏落到了军机处领班陈学恩和穆彰阿等人手里。他们随即以别的一份遗奏呈上了事，并妄称

王鼎是暴病身亡，甚至威胁王鼎的儿子，不得泄露此事。知情人曾这样感叹道："朋奸害正，摧握屏藩，沧海鲸波，滔滔靡底，圣君贤臣之灵，亦当在天籁恨矣。"诚然，王鼎之死，并没有达到他的预期目的，《南京条约》还是签订了。从此，中国的门户洞开，帝国主义的兽蹄践踏着祖国的河山，战前的一个封建独立国家，其领土和主权都遭到了破坏，政治上也丧失了独立，开始沦为殖民地半殖民地。王鼎九泉下有知，自然痛心疾首。

王鼎之死，并没有把立了功的林则徐留下来。背信弃义的道光皇帝，在河堤竣工之后，仍然逼着林则徐走上了西部戍边的道路。

林则徐就是怀着这种慷慨悲愤的心情走上戍途的。一路上，他写下了大量的诗文，抒发自己爱国忧时的情怀。他深切地关注抗英战争的进展情况，各地战况牵动着他的心。这时，又从京城传来王鼎悬梁自尽的消息。他十分悲伤，为国家失去栋梁之材和自己失去一位知己痛惜不止。于是，他写下了《哭故相王文恪》："伤心知己千行泪，洒向平沙大漠风。廿载枢机赞画深，独悲时事涕难禁。"对王鼎大力支持自己的行为表示深切的感谢，对王鼎的功绩及对国事艰危所持的严肃态度，表达了无限崇敬与怀念。

友爱故事篇

谢翱与文天祥

残年哭知己，白日下荒台。
泪落吴江水，随潮到海回。
故衣犹染碧，后土不怜才。
未老山中客，唯应赋《八哀》。

这段凄婉的悼词，出自南宋末年爱国志士谢翱的《西台恸哭记》。谢翱哭谁？他为什么哭？其间有一段十分曲折的隐情。从整个悼词来看，他是在哭唐朝人颜真卿。但颜真卿是公元8世纪时人，而谢翱是南宋末年13世纪时人，相差数百年，两人又怎能成为知己而引发悲情呢？

其实，谢翱是在悼念文天祥，哀叹南宋王朝的彻底覆灭，而且这次悼念活动，是在文天祥遇难八年后在十分隐蔽的情况下进行的。悼词从头到尾没有一字一句提到文天祥，全文用颜真卿代之。即使是同去悼念的友人，也只是用甲、乙、丙代之。

文天祥，南宋末年江西吉安人，字宋瑞、履善，号文山，1236年降生于青山环抱、绿水长流的富田文家村。他的幼年是在无忧无虑的读书、弈棋、游泳中度过的。他热爱莺飞草长、落英缤纷的南国风光，挚爱那蓝天白云间翱翔的雄鹰，酷爱那千里奔驰的骏马。他曾在家门前植柏树五棵，其中两棵，至今仍枝繁叶茂。二十岁时，他就读于江西的白鹭书院，后来到临安参加进士考试。在"集英殿"殿试时，他文思如涌，运笔如飞，一举而得进士第一。据说，宋理宗看到他的名字很吉利，便高兴地说："此天之祥，宋之瑞也。"从

此，文天祥走上了仕途。他先后由湖南提督晋升为左、右丞相，开始艰难痛苦的抗元扶宋斗争。可惜生不逢时，文天祥纵有回天之力，却无法挽救已经腐烂透顶的南宋王朝。千般努力，万般奋争，使尽解数，终与愿违，最终以身殉国，于至元十九年（1283年）在北京就义。

文天祥的一生是肩负着反侵略、反压迫神圣使命艰难前进的一生。他刚一踏上仕途，就肩负抗击元军凌厉攻势的使命。他担任宰相后的第一个任务，便是出城与元军和谈，结果被元军扣留起来，经过九死一生的磨难，才逃出元营。当他获得自由后的第二年，即1277年，便在剑州（今福建南平）组织抗元义军，建立督府，进军江西。家乡的父老兄弟以最大的热忱支持文天祥，形成了抗元以来最好的形势。但大厦将倾，独木难支，他的军队只能步步败退，进入广东，辗转于海、陆、丰之间，正是"有心扶日月，无力报乾坤"。文天祥不幸于1278年12月在海丰县北的五坡岭被元将张弘范俘获。

文天祥被俘以后，元军曾反复以高官厚禄诱惑劝降，但都遭到了他的严词拒绝，不朽诗篇《过零丁洋》表达了不愿投降的决心：

辛苦遭逢起一经，干戈寥落四周星。
山河破碎风飘絮，身世浮沉雨打萍。
惶恐滩头说惶恐，零丁洋里叹零丁。
人生自古谁无死，留取丹心照汗青。

文天祥在被押往大都的途中，过梅岭，进江西，沿着赣江北上，被元军严严实实地捆在船上，锁在舱中。面对着养育自己的青山绿水、白云蓝天，他思绪万千，决心死在家乡的怀抱里。绝食达八天之后，死神仍然不愿意剥夺他生存的权利，家乡不想扼杀自己的爱子。在关押大都的两年多时间里，他拒绝了锦衣肥食、高官厚禄，虽身居地牢，仍倚窗读书，奋笔抒怀，写下了"惊天地、泣鬼神"

的《正气歌》。

　　文天祥就义的噩耗传来，他的亲人和朋友痛不欲生，呼天抢地。然而一切悼念活动，都只能偷偷地进行，不然又将招来斩尽杀绝之祸。

　　谢翱是文天祥的朋友，倜傥而有大节，是一个不同于流俗、好寄情于山水的人，他平生最崇拜的人是屈原。当文天祥开府设幕的时候，他就率乡人数百加入到文天祥的抗元义军中来，并担任咨议、参军之职。他俩一起出谋划策，统筹军务，部署战斗，亲冒矢石。在那戎马倥偬的艰难岁月里，他不仅是文天祥的幕僚，更是他的左右臂。在和文天祥相处共事的日子里，他领略过文天祥卓越的才华，目睹过他披肝沥胆、日理万机、亲冒矢石的战斗风貌。因此，他明白文天祥的高尚情操和肝胆铁石般的意志，更明白文天祥坚持抗敌至死不移的坚定立场。战事的失败，南宋王朝的覆灭，文天祥的慷慨就义，使这个苟且于末世的人心灵受到极大的折磨，以致魂牵梦绕、难以名状的痛苦持续了八年之久，最终促使他作出到浙江桐庐的富春江畔设灵凭吊这位伟大爱国志士的亡魂的决定。

　　这一天夜里，天凉风急，他提着酒菜祭品，攀上孤绝千尺的严子陵台，设立了一个文天祥的灵位，然后屈膝跪地，酹酒招魂道："魂来兮何极，魂去兮江水黑。化为朱鸟兮其味焉食。"他一面哭，一面述说着与文天祥相识、相交、相处、相别的情景，多少往事、多少仰慕、多少怀想、多少愁苦，一起涌上心头，凝成一曲悼念亡友、伤怀故国的悲壮诗篇。

　　正在这伤心难耐之际，元军的巡逻兵又搜索而至，几个人只好赶快撤离。躲到船上，但仍是悲情难抑。于是，他便写下了发自肺腑的《西台恸哭记》一文。在谢翱的眼里，文天祥和唐代颜真卿一样，不仅是一位大文学家，而且是一位具有民族气节的大政治家。颜真卿在劝谕李希烈叛军的时候，被拘留于军营中，叛军逼他投降，被他正色拒绝，最后被叛军绞死。颜真卿和文天祥这两个历史人物，都是学富五车、气贯长虹的人，他们的生活经历、爱国情怀，又是

何等的相似。谢翱为了避开元人斩尽杀绝的卑劣伎俩而又不失真意的祭悼，他采取的悼念方式，是何等的聪明；他那悼念亡友的感情，思念故国的情怀，是何等的真切！

谢翱在宋亡之后，终身不仕，寄情于山水诗文，著有《希发集》、《天地间集》、《楚辞芳草图补》、《浙东游记集》等，年甫四十七岁，卒于杭州，他的朋友把他安葬在他哭奠文天祥西台之南，并用他的文稿作为殉葬品。于是，这段悼念亡友的悲壮故事，又多了一层凝重的色彩。文天祥和谢翱虽然都离我们远去了，但谢翱冒着生命危险悼念亡友的故事和诗文却保存下来了，而且成了启迪后生的教材。

清人庄宪祖曾这样嗟叹道：

丞相勤王到海崖，精忠踏破石莲花。
思扶弱主回天顾，致使孤臣痛日斜。
浩气一腔吞巨浪，丹心万古照寒沙。
成仁取义酬君父，读史谁能不叹嗟。

今人老舍也曾称颂：

饮露餐明霞，青莲十丈花；
海门潮起落，万古卫中华。

友爱故事篇

荀巨伯与病友

"流芳百世"与"遗臭万年",这是一对意思完全相反的词语,它高度概括了人生在世的社会地位与价值。在滚滚的历史洪流中,有的人以煌煌政绩称著,有的人以武功称雄,有的人以文章博彩,有的人以舍生取义称誉,有的人以小事见大义……他们为华夏历史留下了许许多多流芳百世的瑰丽篇章。反之,有的人以卖国求荣遗臭,有的人以贪污腐化裂名,有的人以凶残暴戾取败,有的人以坑人害友获讥……他们在历史的照妖镜前,也无不留下遗臭万年的丑恶嘴脸。但更多的人是以平凡的身影、平凡的事迹给自己摄影留念的。《世说新语·德行》篇中,为一个舍身卫病友、大义退顽敌的荀巨伯写下了一段平凡中见伟大的感人至深的故事。

荀巨伯,河南许州(今河南许昌)人,生活于东汉末年。这是一个战乱频繁的时代。其间有农民起义,也有中央皇权与地方割据势力的战争,还有汉族政权同少数民族之间的战争,更有少数民族豪酋之间的互相攻伐,以及少数民族统治者同北方地主集团的攻守战争。各类性质不同的战争,把整个中国扰得天昏地暗。特别是董卓之乱后,各地割据势力之间的战争,此起彼伏,真是民无宁日。各个集团为了扩充军事力量到处招兵买马,所招揽的人,缺乏纪律,所到之处,既杀又抢。战争过后,城池往往一片废墟,就连一部分胡人,也乘机窜进中原打家劫舍。

荀巨伯探望病友之际,正值胡兵攻城。剽悍的北方蛮兵,骑着高头大马,挥舞着锐利的兵器,横冲直撞,几乎没有碰上任何抵抗的力量。城里的人早都逃光了,逃不出的大多做了刀下鬼。

病友一见荀巨伯冒这样的风险来看望他，急得冒出一头冷汗，急急地说："我现在重病缠身，无论怎样也逃不出去了，只有等死！你冒险来看我，我感激不尽。现在乘敌人还未进入我家，你赶快逃走吧，不然就要连累你了。"

荀巨伯一听此话，不以为然地回答："我这么远来看你，就是放心不下。现在一遇风声紧急，就离开你，这种行为是极不符合道义的，我不屑干这种事。"不管病友怎样劝他，催促他，他还是守在病友床前，不离开半步。病友急得没法，流着眼泪对他说："巨伯啊，我是快死的人了，连累你遭殃，我是何等的不安啊。"

正当病友苦苦哀求他离去的时候，胡兵们闯了进来。大刀和长矛，一齐逼到他俩的胸前，大声责问道："大军所至，一郡皆空，你们是何人，敢于独自留在家中，难道不怕死吗？"

荀巨伯从容回答："我的朋友正患着重病，我怎能舍下他不管呢？如果你们要用人当兵，请以我去替代。如果你们要杀人，请向我开刀吧！但请求你们不要杀害我的朋友。他已经被疾病折磨好久好久了……"

这简单的请求，朴素无华，掷地有声。人生的净度，是善恶的较量。心灵是行为的根。一个人只有心灵纯洁，才能语言纯洁。这批胡兵听了他的话相视而道："我们是不义之师，闯进了有义之家，何必乱杀无辜呢？"于是，胡兵遽然而退。由于荀巨伯的义举，大家获得了平安。

当我们拭去历史的尘埃来审视这位平凡人物时，好像看到一棵参天大树静静地立在原野上，任凭十二级大风摇撼。荀巨伯没有显赫的官品，没有耀眼的权势，没有饱读诗书的经历，甚至没有抗拒强暴的力量。然而，他以高尚的情操，朴实无华的语言，战胜了龌龊者的袭击，瓦解了野蛮者的狂妄，揭示了愚钝者的丑恶。在最危急的时候，他的气节、他的风骨、他的灵魂得到了净化，得到了升华。他像一块光芒四射的钻石在友谊王国里闪烁着异彩，为忠诚的友谊之树缀满了繁花绿叶。

友爱故事篇

严光与刘秀

坐落在浙江桐庐的富春江畔,有个古今闻名的"严陵滩",山下有一块巨石,上面平坦光滑,可坐十多个人,人称"严子陵钓鱼台"。这里有一群古朴的建筑,粉墙青瓦,便是严子陵的祠堂和碑廊,其中有范仲淹撰写的名句:"云山苍苍,江水泱泱,先生之风,山高水长。"那么,严子陵究竟是一个怎样的人物呢?

严光,字子陵,今浙江余姚人。本姓庄,只因避汉明帝讳,才改姓了严。严光从小就聪明好学,精通《诗》、《书》,在家乡一带颇有名气。他与人论辩,逻辑缜密而奇诡多怪,不同凡响。乡里人认为他将来一定会出将入相,会给家乡带来无限荣耀,因而对他总是另眼相看。稍长之后,严光希望自己成为一名学富五车的饱学之士,便不顾长途跋涉,来到人才荟萃的京师长安太学学习。

京师太学,即古代的最高学府,是传授儒家经典的大学堂,西周时已有太学之名。东汉时期,太学大为发展,集中了许多想象丰富、勤奋肯钻、锐意进取的青年。他们为了展现自己的才华,实现自己的理想,都把太学作为腾飞的起点、成功的阶梯。此时,太学里来了一个南阳豪门子弟刘秀。他英姿焕发,思想敏锐,善于交游。他见严光意气豪迈,也乐与之交往。不久,两人便成了意气相投的朋友。

他俩都喜欢海阔天空地聊天,谈论起诗文来,神采飞扬,意味醇厚:或明丽典雅,恬淡自然;或泼辣犀利,所向披靡。有时他俩也谈论人生,思考生命的奥妙和人生的真正价值。但谈论得最多的还是王莽篡权夺位的事。他们剥茧抽丝地分析王莽篡权夺位的必然

后果，设想着推翻王莽政权的办法。此时此刻，智慧、激情、胆略在谈笑中竞相飞跃，宏图在胸臆中哗哗作响。特别是刘秀，自认是汉室宗亲之后，有着责无旁贷的责任去恢复汉室的宗庙。严光也认为刘秀是"帝胄之英"，是名正言顺的继承人，所以也常"激发其志"，起着吹火助燃的作用。后来，刘秀从农民起义军的手中，攫取到了胜利的果实，成了后汉的开国皇帝——汉光武帝。而只想成为大学问家的严光适逢乱世，无法在长安久待，便辞别南归。然而混战的烽火，已阻隔了归途。再说，自己是带着家乡父老的殷切希望离开的，如今落魄而归，脸上无光。于是，严光便决定先到人杰地灵的齐鲁去寻师问友，以待时局的变化。他走进了山东北部的一个小山庄，过起极其简朴的隐居生活。

  在政权稳定以后，素有儒者之风的刘秀，知道打天下要靠武功，治天下则要注意文治。于是，便广泛地收罗知识分子，想利用他们的名望和智慧、才能，来巩固自己的政权。此时，他最先想到的人，便是在太学里结识的、帮助他点燃希望之炬的严光。严光在哪里？一通通招贤榜发出之后，怎么也得不到他一点儿消息。光武帝刘秀便派人到严光家乡去寻找，但谁也没有看见过他的人影。刘秀也了解严光才高学广、自命不凡和不甘屈就的性格，便根据自己的记忆，把严光相貌的特征，命画工绘制成一幅幅肖像，到处张贴，命人寻找。

  其实，经过严酷战争洗礼后的严光，思想也产生了巨大的变化，他爱上了寂静无为的生活。什么功名利禄、理想抱负，全都抛到了脑后。于是，严光摘下了破旧不堪的儒巾，换上葛衣短衫，抛开功名的诱惑，就在青山之麓、清溪之滨，搭起了一间栖身的小棚，过起了与世无争的生活。沂蒙山绵延起伏，气势磅礴，荡涤着他心中的郁闷；沂河水清澈见底，洗尽了他的凡夫俗气。他早已安于现状了。清晨，他迎着薄雾，沐着朝霞，走向山冈，去舒展筋骨，吐故纳新，或走向河边，静静垂钓，寄思幽情；傍晚，红日西沉，他伴随归鸟走入窝棚，做着人世间最香甜的梦。山中才数日，世上已千年。严光在"钓翁"的梦中打发着日子,几乎不知道世上发生了多少变化。

皇帝的诏令一下,严光的确扬名了,各地官员四处打听严光的下落。不久,齐国(封国,今山东泰山以北)的官员来报告说:"沂河边有个男子,独居于山谷中,身披羊皮,经常坐在河边钓鱼,有几分像画像上描绘的人,只是不敢肯定。"刘秀一听,精神大振,认为此人八成是严光。于是,立即派出使者,备上专门聘请贤人的车辆,带上表示尊贵的玄色丝帛,前去迎接那位垂钓的男子。使者见了"钓翁",奉上礼物,可"钓翁"连眼皮也不抬一下,更不通姓名,只说是"山野之人,志在江湖",拒绝应召。无奈光武帝决心已下,一连三次派使者去请,非要把严光请来不可。出于无奈,严光最后只好跟随使者来到了长安。

光武帝见严光终于来了,甚是高兴,一见面,又是拉手,又是拥抱,显得十分亲热。而严光推说旅途劳顿,亟须休息,不愿与光武帝多说话。光武帝没法,只好先把他安排在皇家的馆舍中居住,一切生活用品及膳事全部由皇宫提供。

侯霸也是严光在太学里结识的朋友。听说严光来了,首先派人去拜访他。谁料严光对来人说了一串难听的话,令侯霸气急败坏,便跑到光武帝那里去告御状。

光武帝十分了解严光的性格和用意,便亲自去驿馆看望严光。严光知道皇帝要来了,便躺在床上睡觉。

他呼吸平稳、悠长,好像真是在白日做梦。等了许久,光武帝弄不清他是真睡还是假睡,便走过去拍拍他的肚子说:"老同学,醒醒吧,你能屈尊帮我治理一下天下多好啊。"严光没有回答,只是翻了翻身。又过了好久,他才微睁双眼,有气无力地说:"昔日唐尧治理天下,仁德远扬,也还有巢父洗耳之事。士各有志,何必苦苦相逼。"光武帝没法,只得叹息着走了。

过了几天,光武帝又把严光接到宫里,两人同吃同住,一起回忆当年在太学里的往事,细数同窗的变故,感叹世事的变化,从容

谈吐，十分投机，谈笑一直延续到晚上，光武帝便留严光在宫中过夜，并与自己同床共寝。睡到半夜，光武帝迷迷糊糊地感到有个东西压在自己的肚子上，还有一股淡淡的泥土味。用手一摸，原来是严光的一只脚。光武帝本想把这只脚推开，但又担心是严光对自己能否真正礼贤下士、与人同甘共苦的考验，只得忍着肚皮上的酸痛，度过了这难熬的一夜。

不久，光武帝面授严光为谏议大夫。严光并不谢恩，也不履行职责，只是对光武帝说："你让我走，咱们还是昔日的朋友。你让我留在这里做什么谏议大夫，反倒伤了和气。"光武帝见严光说得如此坦诚，知道即使留下了人，也留不住心，只好派人送他回桐庐故里，去过那林泉生活。

严光与光武帝颇具戏剧性的故事，对两人都产生了良好的效应。严光因为光武帝的寻觅、器重、送归等一连串动作，获得了誉满神州、流芳后世的声名。宋人范仲淹甚至发出了"君为功名隐，我为功名来。羞见先生面，黄昏过钓台"之叹，并为严光修祠建碑，以享后人。严光如果没有光武帝的这段友谊、这番热情，即使有天大的学问、追云逐日的心志，恐怕也只能淹没于草莽之间了。而光武帝刘秀也因为有了严光的这番执拗，而获得了礼贤下士的美誉。于是，一批批想攀龙附凤、大展宏图、干一番事业的人，也纷纷集结到他的身边来了，终于开创了"光武中兴"的盛世。

友爱故事篇

俞伯牙与钟子期

　　这就是历史上建立在保家卫国基础上的诚挚友谊。这两位历史人物，以自己博大的胸怀在"友谊"的园地里，催开了"将相和"。

　　在武汉市汉阳区龟山西麓，有一座万众瞩目的名胜古迹，名叫古琴台。琴台前有一条宽阔的马路，直通武汉长江大桥和江汉大桥。这是一座历尽沧桑、屡废屡兴而又富有神秘色彩的建筑物。这里也是一处旅游处所。每逢节假日，游人纷至沓来，十分热闹。

　　这座还不能确切考究出具体建台时间的古琴台，为什么有如此大的魅力，吸引如此多的游人呢？因为这里营造过一段感人至深的友谊故事和一曲永放异彩的"高山流水"古琴曲。故事的主人公就是生活于春秋战国时期的俞伯牙和钟子期。

　　根据《吕氏春秋·本味》和《列子·汤问》篇的介绍，俞伯牙和钟子期都是当时的楚国人，大约生活于与屈原差不多的年代。那时，楚国政治腐败，奸臣当道，一批贤能之士或隐遁林泉，或跑到其他诸侯国去寻找施展才能的机会。

　　于是，俞伯牙便来到了晋国，当了一名"楚材晋用"的大夫；而钟子期呢？他不愿与统治者同流合污，便避世遁隐，寄情于山水之间。

　　伯牙琴艺超群，《淮南子·说山训》中说："伯牙鼓琴，驷马仰秣。"意思是说：他的琴声能令驾车的马听了，也会仰起头来静心聆听，可见高妙到了何等程度。

　　有一天，伯牙路过汉阳，驾一叶扁舟，在月下鼓琴，正好钟子

期从这里经过。

铮铮的琴声，婉转悠扬，粗犷而柔美，简放而易行，像驰原的骏马在奔腾，似雄鹰在俯视大地，似猿猴在攀登高崖，似山风在摇动树枝，似探险者临高长啸，神情专注，意境高昂。钟子期的思绪随着忽高忽低、忽急忽缓的琴音在驰骋，他感觉自己像攀缘在悬崖峭壁之间，有时又像跨越了千山万壑，凌高而望远，莽莽而苍苍。他连声称赞道："美哉乎鼓琴，巍巍若太山！"

正在专心弹琴的伯牙没有动声色，微闭双眼继续地弹着，就像一尊凝重的根雕聚集全身心的智慧与精力于指尖。这时，哗哗的琴声又转向了流水，时而涓涓滴滴，潺潺轻唱，如滚珠落盘；时而如河水滚滚流淌，一浪盖过一浪，推挤而至；时而又如恶浪滔天，波涛汹涌，铺天盖地，虎啸狼嚎，汹涌而来。钟子期的思绪再一次随着缓慢的溪流而逐步转入急切昂扬的琴声中，他像涉过小溪，来到大河。他陶醉了，神往了。他压抑不住的喜悦和惊叹冲口而出："善哉乎鼓琴，意在流水！"

这惊呼声划破寂静的夜空，钻进俞伯牙的耳中，他心里一怔，琴声戛然而止了。因为听琴的人猜透了自己的心意，听出了自己所弹的内涵，总算遇到了"知音"，不禁喜上眉梢，便邀请钟子期彻夜长谈。在宁静的夜晚，这对初识的朋友，探索了许多问题。自然，谈的最多的是音乐、是琴。他俩一致认为音乐是有声的诗、无形的画。它可以折射出大自然的无限风光和优美景色，可以用山的壮美来鼓舞雄心壮志，也可用江的澎湃来洗刷污浊。音乐是心灵的窗口，不仅可以抒发喜怒哀乐各种心声，还可把人引入广阔的精神空间。那诗一般的流动效果和无以名状的色彩，会形成一种扑朔迷离、肃穆、清静的仙佛意境，使浸淫于其间的人们，不由自主地归真向善，走向至美与自然，也会使长途跋涉的人，不再感到寂寞和劳累了。为此，他们相约于明年的此时此夜，再在这里相见，共邀明月，共赏佳音。钟子期也高兴地应允了，一曲"高山流水"把两个朋友的手牵了起来。

信守诺言是人们的美德，何况像俞伯牙与钟子期这样的名士呢？第二年的这一天，俞伯牙怀着无限企盼的心情，又来到了汉水之畔，等候知音的到来。

　　然而，他左等右等，也不见钟子期的身影。他像礁石一样守候在汉水之滨，心潮起伏。心想：自己怀着美好的愿望来到这里，是为了这片宁静的蓝天，为了这相识的知音，为了能握手叙说心路历程，坦言生活的甘辛苦辣，抒发人生的感悟，激发对音乐的共鸣，引发对社会的关注和精神的升华……然而，为什么钟子期会负约呢？他百思不解。

　　经过再三打听，俞伯牙才知道钟子期已经离开人世了。他是何等的伤心，觉得自己的琴弹得再好，也没有人能听懂了。在万分难受的情况下，他便把相伴自己多年的这把琴摔破了，并发誓不再弹琴。于是，去年的"听琴"处，便成了今年的"摔琴"处。然而，这段"知音难觅"的故事与这段"高山流水"古曲，却永远流传下来了。后人为纪念这对心心相印的琴友，在当年听琴、摔琴的地方建起了古琴台。

　　古琴台屡废屡建充分证明我们的祖先是十分珍惜友谊的，也是热爱音乐喜听琴声的。像伯牙与子期这样的知音，是千古典范，是激励后人的榜样，又怎么可以殄灭呢？

　　琴台碑廊里有很多碑刻。保存得十分完好。其中以岭南人宋湘写的《琴台题壁诗》最为引人注目。据说他是用竹叶扎成的笔写成的。其诗曰：

　　噫嘻乎，伯牙之琴，何以忽在高山之高，忽在流水之深？不传此曲愁人心。噫嘻乎，子期知音，何以知在高山之高，知在流水之深？古无文字直至今。是耶？非耶？相逢在此，万古高山，千秋流水。壁上题诗，吾去矣！

　　这几句姑妄言之姑听之的诗，将琴台的来历和情节都表述出来了，因而常引起游人的玩味。

　　"高山流水"之曲，其实并没有完全殄灭。它在历代音乐爱好者

的手中得到了继承和发展，变得更加完整，感情更加丰富，演奏起来，更为多变神奇。

据说19世纪四川有一个叫张孔山的道士，结合流水湍急的势态和他个人的理解，加进了许多"滚拂"的手法。把坦荡开阔的胸襟和百折不回、勇往直前的精神境界糅合进去，表现出了强大的生命力和对大自然的热爱与颂扬。其韵有时若行云流水，悠悠扬扬；有时似蛟龙怒吼，澎湃沸腾；有时如烟波浩渺，平缓宽阔，荡荡漾漾。一曲终罢，顿觉心旷神怡，古老的"流水"曲，被推到了一个崭新的阶段，长江后浪推前浪，一代新人胜旧人。这是事物发展的必然规律。生活于几千年前的俞伯牙和钟子期有知，也会心宁气静地倾听这由古曲演进而成的新声了。

友爱故事篇

左宗棠与曾国藩

帷幕低重，白幡幢幢，哀乐呜咽。在铺天盖地的挽联挽幛中，置放着一副高大坚实的棺椁，里面安睡的便是英武殿大学士、两江总督、督办湘军的总团练曾国藩。这个曾为恢复、巩固大清王朝封建统治尽力、卖过命的人死了，丧事自然不比寻常。前来凭吊的人更是络绎不绝。但人们最瞩目的是东阁大学士、闽浙总督左宗棠亲手书写的挽联，其词曰：

谋国之忠，知人之明，自愧不如元辅；
同心若金，攻错若石，相期无负平生。

这副看似平淡，却深藏内涵的挽联，引起许多知情者的感叹歆歔。

人们知道，左宗棠与曾国藩虽是同乡、同僚，也是亲戚、朋友，还是同治年间的"中兴名臣"。但从生活的道路来看，两人虽有过水乳交融的美好岁月，也有过剑拔弩张的变幻风云。彼此之间常以"兄弟"相称，却从无自谦自抑之意。开始时，他们尚能通力合作、相互协调，双双成为声望显赫、誉满中外的人物。后来竟互相攻讦，毅然绝交，各行其道。那么，是什么原因使得这两位大人物大动肝火、失去理智的呢？

回眸已往，那还是曾国藩丁母丧在湖南守孝的时候。当时太平天国起义军在广西桂平县金田村，竖起了反抗清朝封建统治的大旗。

经过数年的鏖战,太平军自广西入湖南,顺长江而下,经江西、安徽、江苏,于咸丰三年,攻下江宁府城,随即定位国都,改名天京。此时,清朝的八旗军已腐败不堪,绿营兵也无济于事,只好寻求地方武装力量,以解燃眉之急,便要曾国藩以在籍侍郎的身份协办本省团练。

于是,曾国藩便积极组织湘军,并亲自加强训练。他利用封建宗法的关系,作为维系湘军的纽带,使全军上下归他一人调度指挥,湘军成了曾国藩的私人武装。

他的骨干多是以各种关系纠集在一起的中下层封建知识分子,因此,战斗力很强。这时正值左宗棠以谋士的身份相继出入于张亮基、江中谋、骆秉章等人的府第,他所显示出来的才干,深为统治阶级所赏识,认为"国家不可一日无湖南,湖南不可一日无左宗棠"而被加"四品京堂",与曾国藩一起治军。

左宗棠年轻气盛,自命不凡,原来极想从科举登上仕途,但屡遭失败,便"绝辞章为有用之学",精力完全集中到经世致用方面来了。他悉心钻研地学,认真阅读了西北、西域的许多史地著作,同时也加深了对社稷安危的关切和西北边防重要性的认识,形成了比较远大的政治眼光。

英国侵略军侵犯浙江,临定海,进逼天津的消息传到湖南,更激起了他的爱国热情。当林则徐引疾还闽,经过长沙时,他俩相见于舟中,"宴谈达曙,无所不及"。林则徐称他是"不凡之才"。他在支持曾国藩镇压太平天国的血腥战斗中,也是不遗余力的。他所组织训练出来的"楚军",曾为曾国藩多次解围,并为配合攻陷"天京"立下了汗马功劳。

清军攻下南京之后,大举捕杀太平天国官兵,曾国藩没有作调查研究,急于报功请赏,便轻易地听信了下属们的谎报,说洪秀全的儿子洪福填已死于乱军之中。

但左宗棠得到的报告与此相反,说洪福填并没有死,而是随乱军逃到了湖州（今江西）。这时，刚好曾国藩的军队正在围攻湖州。曾国藩认为洪福填早就死了，这是左宗棠在制造混乱，或者是有意贬低自己的战功。于是，曾便上书诋毁左宗棠。左宗棠秉性刚烈强硬，有理不让人。他也洋洋洒洒，攻击曾国藩一通。而事实是，洪福填确实随乱军逃到了江西，后来为沈幼丹查明正身。

左宗棠认为矛盾是曾国藩挑起的，他不该在没有核实情况之前，就把自己告到皇帝那里去，这是无端寻衅。而曾国藩认为这是公事，在兵荒马乱之中，难免出现差误，不值得向左氏赔理认错，还多次愤愤地对他人说："左宗棠说我以假话骗人，是邀功请赏，真使我意气难平。"有了这个芥蒂，以后两人无论碰到什么事，总是互不相让，彼此刁难。

其实曾国藩对左宗棠的性格、才能，是十分了解的，不过有时好挑逗而已。

有一次，两人正在闲聊，谈得十分融洽，曾国藩忽然撰一语道："季子（指左氏）自命才高，与吾意计时相左。"左宗棠对这不怀好意的挑衅回敬道："藩侯一心为国，问伊经济又如何曾？"又有一次，左宗棠发出一封公函，诋毁曾氏用人不当，且用词严厉。曾国藩很不服气，便以左氏使用人才欠妥作为回敬。

还有一次，左宗棠推荐一个人到曾国藩所治的军中去做事。曾国藩不肯接受，还在信上批示道："曾见其人，夙知其贤，维系左宗棠所保之人，故不能信。"从几桩小事上看，曾国藩好像是在故意引起左宗棠生气似的。左氏看后，自然要瞪眼睛、吹胡子了。朝廷了解他俩之间的矛盾，也进行过调解，但始终解不开这个疙瘩。在封赏时，西太后认为左宗棠为曾国藩所荐用，只封给他一等恪靖伯二等侯爵，以示稍逊于曾氏。这事更令左氏耿耿于怀，两人关系一直紧绷不懈。

到了同治年间，西北又面临着西捻军和西北少数民族的起义，富有卓越军事才能的左宗棠被调任陕甘总督。当他带兵西进的时候，

忧心忡忡。他不担心平剿难捷，而是担心军需不继，受到曾国藩的制约。

实际上，曾国藩并没有这么做，他在为西征军队筹集军粮、军饷时，总是不遗余力，而且选派了最精炼的部队参与战斗。如所派出的柳松山一支队伍，始终是左宗棠所倚重的一支生力军。对西北的军情，他也十分关注。每每见到从前线归来的人，曾国藩总要详细询问军情。有个从柳松山军门处回来的人，谈起左帅处事精详，律身艰苦的一些情况时，曾国藩拍案叫好道："西陲重任，除左宗棠之外，更无他人。我是决不能和他相比的。就是起死回生的胡林翼，恐怕也不能和他相比。他是当今唯一能担此重任的人啊。"

从这段声神具备的话来看，曾国藩对左宗棠可谓佩服得五体投地了。

左宗棠虽然常骂曾国藩，有时甚至不择时间、地点、对象，一任暴风骤雨般地倾泻，但事后又烟消云散，毫不介意了。在西陲战事的岁月里，自己没有军需后顾之忧，他心里十分明白，曾国藩在重大问题事上并不糊涂，他是在不声不响地支持自己的工作。于是往日推心置腹、推诚布公、并肩战斗的情景，又浮现在他的眼前。曾国藩的大将风范，使他感到自愧不如。当他听到曾国藩病逝于两江总督衙门的时候，心中十分悲戚，于是，便写下了本文初的那副挽联。

这副挽联意味着什么呢？人们不禁要问：曾、左二人在生活的道路上，发生过那么多龃龉，他们还能算是朋友吗？回答是肯定的。在生活的万花筒里，真正的朋友，是有千差万别的。平居可以共道德的人，是朋友；缓急可以共患难的，是朋友；声气相同，两相关切的，是朋友；貌虽离而神合的，也是朋友。从"自愧不如元辅"一句中，我们再也看不见左宗棠自傲自负的气息。他对亡友"谋国之忠，知人之明"，袒露出了毫不掩饰的尊敬与佩服，哪里还有往日争吵不休的芥蒂呢？从"相期无负平生"一句中，更可能推知他们平日的"攻错若石"都是为了一个共同的目标在争吵,自然是"同心若金"的人。

人们常说:"诸葛一生唯谨慎,吕端大事不糊涂。"从曾国藩与左宗棠的生活历程来看,他们两人难道不都是大事不糊涂的人吗?经过几番风雨磨炼后的友情,自然是更坚贞的。曾国藩泉下有知,这对貌离神合的朋友,又该握手言欢了。